Lucas
e o
cometa

Lucas e o cometa

WILLIAN LIMA

Labrador

© Willian Lima, 2025
Todos os direitos desta edição reservados à Editora Labrador.

Coordenação editorial Pamela J. Oliveira
Assistência editorial Leticia Oliveira, Vanessa Nagayoshi
Projeto gráfico e capa Amanda Chagas
Diagramação Emily Macedo Santos
Preparação de texto Monique Pedra
Revisão Caique Zen Osaka

Dados Internacionais de Catalogação na Publicação (CIP)
Jéssica de Oliveira Molinari - CRB-8/9852

Lima, Willian
 Lucas e o cometa / Willian Lima.
 São Paulo : Labrador, 2025.
 112 p.

 ISBN 978-65-5625-788-4

 1. Literatura infantojuvenil brasileira 2. Literatura fantástica I. Título

25-0220   CDD 028.5

Índice para catálogo sistemático:
1. Literatura infantojuvenil brasileira

Labrador

Diretor-geral Daniel Pinsky
Rua Dr. José Elias, 520, sala 1
Alto da Lapa | 05083-030 | São Paulo | SP
editoralabrador.com.br | (11) 3641-7446
contato@editoralabrador.com.br

A reprodução de qualquer parte desta obra é ilegal e configura uma apropriação indevida dos direitos intelectuais e patrimoniais do autor. A editora não é responsável pelo conteúdo deste livro. Esta é uma obra de ficção. Qualquer semelhança com nomes, pessoas, fatos ou situações da vida real será mera coincidência.

Dedicado à
Nossa Senhora da Conceição Aparecida.

SUMÁRIO

INTRODUÇÃO —————————— 9

I. NOITE ESTRELADA ————————— 13

II. O CORONEL ————————————— 27

III. MEDDENWISH ————————————— 33

IV. SÃO PAULO ———————————— 45

V. OUTROS CAMINHOS ————————— 67

VI. BRASÍLIA ——————————————— 77

VII. UMA PAUSA ———————————— 89

VIII. LABORATÓRIO ————————— 95

IX. DESCANSO? ————————————— 103

AGRADECIMENTOS ————————— 107

APÊNDICE ——————————————— 108

INTRODUÇÃO

Nas brincadeiras de polícia e ladrão, com carrinhos de plástico ou de figuras de ação monocromáticas, lá na distante década de 1980, era comum eu inventar histórias e tramas mirabolantes como contexto.

Uma vez criada a premissa básica, até bolinhas de gude coloridas formavam esquadrões especiais multidisciplinares, na linha *Esquadrão Classe A*, e *Missão Impossível* (a série original sessentista).

A essa altura, você já deve saber que, dessa forma, muitas histórias foram criadas e muitos brinquedos modernos foram (e são) vendidos ao longo dos últimos cinquenta anos.

Além de aficionado por séries americanas, animadas ou em live-action, que passavam em looping na TV aberta, eu também era um ávido leitor de quadrinhos, isto quando, raramente, uma revista chegava às minhas mãos.

Mesmo assim, esporadicamente, acompanhei o auge das publicações da Editora Abril, até meados dos anos 1990.

Nessa época, cheguei a acreditar que poderia criar um novo universo de super-heróis. Mas para isso eu precisava de uma habilidade que não dominava, embora achasse que sim: desenhar.

Criei vários personagens com roupas coloridas, poderes incríveis e nomes ridículos, mas sem nenhum conteúdo ou critério prático. Os anos passaram, e esses personagens da infância ficaram encaixotados, literalmente. O sonho de escrever uma ficção também.

O tempo passou, e a realização profissional veio por outros caminhos. Cheguei a escrever um livro teórico (não publicado) ligado ao meu trabalho, mas nunca perdi a fé. Ela balançou, mas não caiu. Aliás, a fé é um elemento importante neste trabalho.

O livro mais vendido do mundo conta a maior história de todos os tempos. É a história da humanidade ou, ao menos, a versão que nos torna essencialmente humanos.

Talvez você não concorde com essa afirmação, e tudo bem. Não é meu propósito convencê-lo(a) de nada. Mas certamente a Bíblia Sagrada me inspirou, como você verá. E desejo que ela, a Bíblia, inspire você, no momento certo.

E, por falar em inspiração, recentemente uma história começou a martelar em minha mente. Pensei em criar uma origem para aqueles personagens empoeirados em cima do armário, dando-lhes um universo em que poderiam transitar livremente. O fato de eu ainda não ser um desenhista profissional, claro, seria um impedimento básico. Mas e se eu deixasse de lado a ideia de criar histórias em quadrinhos e trouxesse esses personagens ao mundo através de um livro sem figuras?

Na verdade, não resisti à oportunidade de colocar neste livro uma imagem ou outra. Por isso, ao final, você encontrará um apêndice com a demonstração de alguns personagens, rascunhados por mim.

Ah, e claro, todo tipo de experiências pessoais e referências conhecidas da cultura popular estão reunidas neste trabalho. Por isso, espero que você curta a viagem.

Desejo uma boa leitura e diversão!

O Autor

CAPÍTULO I
NOITE ESTRELADA

Era a primeira noite das férias de julho. Era inverno. O céu estava especialmente estrelado. Diferente dos dias anteriores, não havia neblina. Por isso, Lucas estava animado, observando as estrelas com o telescópio que sua avó, Marina, lhe dera no último Natal. O ambiente era ideal: a fazenda de sua avó ficava bem longe das luzes da cidade, e a varanda de seu quarto era bem espaçosa. Dela, ele conseguia um ótimo ângulo do hemisfério Sul, enquanto observava as constelações de Sagitário, Escorpião e a intrigante e menos conhecida Ofiúco, o décimo terceiro signo zodiacal da serpente, do qual a maioria das pessoas sequer tinha ouvido falar. Isso o instigava. Entretanto, logo teve um momento de desânimo: pensava que aquele presente era o sonho de seu irmão.

— Por que demorei tanto para ter um telescópio? O Mateus bem que podia estar aqui se divertindo comigo... — murmurou, entristecido.

Começou então a se lembrar, mas logo balançou a cabeça, como quem queria afastar aqueles pensamentos. Mas era inevitável: uma luz forte, um estrondo de ferragens se chocando, estilhaços de vidro, escuridão profunda.

Lembrava, enquanto buscava focar um novo planeta, e eis que um clarão em forma de anel quase o cegou. Retirou rapidamente os olhos do telescópio, esfregou-os com a mão e, sem entender o que tinha acontecido ou o que tinha visto, olhou novamente para o céu. Viu um cometa, que aparentemente havia saído daquele anel, que já ia se apagando no céu. Voltou seu olhar pelo telescópio, para observar o fenômeno que presenciava, atônito. Aquele feixe de luz se aproximava muito rapidamente em sua direção, e por alguns segundos poderia jurar ter visto a imagem de um homem, como quem é arremessado por um golpe no estômago, exatamente como naqueles filmes de ação. Talvez o choque de luz na sua visão tivesse distorcido seu pensamento. De qualquer forma, aquele cometa continuou vindo em direção ao pomar da fazenda e finalmente caiu próximo ao laranjal. Um feixe de luz iluminou o campo como se o dia brilhasse no meio da noite. Porém, o suposto impacto não provocou nenhum barulho. "Espero que essa luz não tenha acordado ninguém", pensou.

— E agora? Que coisa maluca! Será que é um ET?

Lucas ficou com medo do que havia presenciado. Parecia que estava em um filme do Spielberg. Mas não, aquilo era real, e ele não sabia o que fazer. Teve vontade de chamar a avó, que dormia no quarto ao lado. Lembrou da amiga Joana, filha da administradora da fazenda, que morava em um dos anexos, mas logo desistiu. Sabia que a mãe dela era brava e não gostava de ver a filha sendo amiga do neto da patroa.

— Pois bem! Eu vou sozinho — decidiu.

Pegou sua bengala, que usava há dois anos, depois de passar três anos e meio em uma cadeira de rodas. O acidente que matou seus pais deixou sequelas permanentes, mas a fisioterapia finalmente estava dando algum resultado.

Com certa dificuldade, desceu as largas escadas do andar de cima até encontrar a pesada porta de madeira maciça que guardava a casa havia mais de cem anos.

Após o esforço, finalmente ganhou os campos da fazenda em direção ao local onde teria caído o objeto estranho.

Sentia medo do que poderia encontrar, mas a curiosidade era maior. Os longos anos impossibilitado de brincar com outras crianças o forçaram a ficar trancado com livros que o levavam a outros mundos. E ali estava algo que, com certeza, era de outro mundo. Não podia perder a chance.

Enfim chegou ao ponto de origem daquela luz, que agora parecia fraca. O objeto era muito menor do que parecia pelo telescópio. Tinha a aparência de uma pedra brilhante, com uns três centímetros no máximo.

— Será que essa pedra é radioativa? — perguntava-se.

Decidiu pegá-la do chão. Não havia rastro, era como se estivesse ali desde sempre, esperando ser recolhida.

Pegou.

Uma luz branca irradiava da pedra, mas nenhuma imagem de gente dentro dela. Antes que pudesse examiná-la, a luz se apagou.

No instante seguinte, Lucas estremeceu. Tentou jogar a pedra, agora novamente iluminada, mas não conseguiu. Ela estava grudada em sua mão, e a luz começava a subir por seu braço. Ele sentiu que ia desmaiar. A luz sumiu de sua vista.

É manhã. Lucas acorda em seu quarto, com a avó batendo na porta chamando para o café.

— Lucas! Já são quase nove horas! Venha tomar o café que está na mesa. Estamos atrasados para a missa.

— Está bem, vovó! Já estou indo! Me dá um minuto pra eu me arrumar.

Ele olha em volta e tudo parece estar no lugar. Aquela luz e tudo o mais... Só pode ter sido um sonho, ele pensa.

Lucas se levanta e percebe que sua bengala não está no lugar de sempre; está no chão, do lado direito da cama. Ele desce, ajoelha-se, pega a bengala e, ao erguer a cabeça em direção à varanda, vê aquela mesma pedra. O susto é tanto que ele se desequilibra e cai sentado ao lado da cama, estarrecido com aquela imagem. Lembra-se de tudo o que ocorreu na noite anterior como em um flash. Agora, a pedra não brilha mais.

Ainda sem entender o que está acontecendo, ele se levanta, pega uma pequena toalha que enfeita o criado-mudo, aproxima-se da pedra novamente e a recolhe, guardando-a no bolso da calça. Ao se virar, nota o pijama aos pés da cama.

Vai ao pequeno banheiro da sua suíte, escova os dentes, lava o rosto, penteia-se e desce apoiado em sua bengala.

Enquanto tomava apressado seu café para não perder o horário da missa, o noticiário da TV transmitia suas tragédias diárias. Uma reportagem especial, no entanto, arrancou Lucas de seus pensamentos.

— ... Aqui na região da Cracolândia no centro de São Paulo, assistentes sociais relatam o desaparecimento de alguns usuários. O chip de monitoramento instalado pelas autoridades simplesmente parou de mandar sinais. Dessa forma, não é possível afirmar o que aconteceu com pelo menos quarenta dessas pessoas...

Enquanto o repórter falava, uma pessoa familiar transitava ao fundo na imagem. Lucas reconheceu seu irmão.

— Vamos, Lucas! O padre não vai te esperar! — gritou sua avó, da porta da sala.

Lucas se entristeceu e foi acompanhar a avó, sem comentar o que acabara de ver na televisão. Ela era uma pessoa muito amável, mas de postura firme. Não gostava de atrasos, especialmente para a missa de domingo. Era muito religiosa, de uma fé inabalável, e seguia todos os ritos da Igreja, desde a infância, orientada pelos pais, que eram muito importantes naquela região do interior de São Paulo.

No decorrer da missa, a homilia era pronunciada, e todos estavam atentos às palavras do padre, exceto Lucas.

Ele não entendia o significado de tudo aquilo. Pensava no que havia acontecido na noite anterior, lembrando da pedra em seu bolso e de seu irmão, que vira no noticiário há pouco.

Um cutucão no ombro o arrancou novamente de seus pensamentos. Era sua avó. Sussurrando, ela disse:

— Lucas, por favor, o padre está falando... Presta atenção!

— ... E é por isso, meus irmãos, que, como no evangelho de hoje, João 14, versículos de 1 a 14,

Jesus nos ensina que há muitas moradas no Reino do Pai Celestial. E Ele, Jesus, é o único caminho para encontrarmos a morada perfeita...

    O padre se alongou por mais alguns minutos na explicação, e o trecho das "muitas moradas" ficou guardado na mente de Lucas. Ele olhou para o bolso, intrigado com aquela pedra estranha. Parecia que ela estava brilhando novamente através da roupa, ou era só impressão sua... Estava assustado e não via a hora de retornar à fazenda para contar tudo a Joana.

— Bom dia, dona Estela. A Joana está?

— Bom dia, Lucas. Claro! — E, direcionando-se à filha, chamou: — Joana, vem cá! O Lucas tá aqui.

— Peraí, mãe! Estou indo! — respondeu ela do seu quarto.

A casa de Joana ficava a poucos metros da casa principal. Era uma construção nova, porém modesta, com dois quartos, uma sala conjugada com uma pequena cozinha americana e um banheiro. Na frente da casa, havia um alpendre com um sofá e uma pequena mesa de centro.

— Oi, Joana. Tudo bem?

— Tudo. O que aconteceu? Tô achando você com cara de preocupado...

— A gente pode dar uma volta pra conversar?
— Vamos lá.

— Fala aí, Lucas. Tá tudo bem? — disse Joana quando já estavam distante das casas.
— Ontem eu tive uma experiência muito maluca. Estou sem entender até agora. Resolvi contar primeiro pra você, porque não confio em mais ninguém.

Joana deixou escapar um leve sorriso, enquanto seus olhos pareciam brilhar de felicidade ao ouvir aquilo. De fato, ela gostava de Lucas desde quando veio morar com a mãe na fazenda, para ajudar a patroa depois que o filho e a nora dela morreram naquele acidente de carro. Tentando disfarçar a alegria, perguntou:

— Mas e sua avó?
— Minha avó ficaria preocupada com o que tenho pra falar. Já bastam as preocupações que ela tem com o meu irmão Mateus, naquele lugar...
— Então conta logo, que já tô curiosa!
— Ontem eu estava observando as estrelas com meu telescópio quando vi um anel de luz se abrir no céu. De dentro saiu uma espécie de cometa, mas não era um cometa comum. Parecia que, na verdade, era uma pessoa.
— Que louco!

— A história não para por aí.
— Tem mais?
— Tem sim.
— Então conta logo, Lucas!
— Tá. Aquele cometa, homem, sei lá, se aproximou do chão e caiu bem por aqui. Vi um grande clarão, mas não ouvi nenhum barulho.
— E depois?
— Bom, eu fiquei tão curioso que resolvi investigar. Encontrei uma pedra iluminada. Quando eu toquei nela... Você não vai acreditar...
— O quê? O que aconteceu?
— A pedra se apagou, penetrou em minha pele, comecei a perder a consciência, mas, antes que eu desmaiasse, comecei a sentir meu corpo mudando de forma. Me senti maior, mais forte, como se não precisasse mais da bengala. Ouvi uma voz na minha cabeça gritando sem parar: "PRECISO VOLTAR! PRECISO VOLTAR!". Fiquei assustado, tentando sair de um transe hipnótico. Não conseguia me mexer.

"Aquela voz grave na minha cabeça parou de gritar por um instante e começou a conversar comigo. Ela sabia meu nome e disse: 'Lucas, eu preciso de sua ajuda. Preciso voltar para casa. Não sei onde estou.'

"Comecei a falar com aquela voz em pensamento. Perguntei como ela sabia meu nome, de onde vinha, quem era, mas não obtive nenhuma resposta. Senti que ela estava decepcionada quando disse: 'Vamos descansar'. E, sem que eu tivesse poder sobre o meu corpo, aquela coisa dentro de mim pegou a bengala do chão, caminhou sem esforço até meu quarto e disse: 'Amanhã, quando vir a pedra, toque-a e conversaremos.'

"Abriu a minha mão e aquela força saiu de mim. A pedra rolou para um lado e eu caí na cama.

"Acordei hoje, com minha avó me chamando..."

Quando Lucas acabou de falar e olhou para Joana, ela estava paralisada, de boca aberta. Um instante de silêncio, e...

— Que louco... HAHAHA! — soltou uma gargalhada enquanto segurava a barriga, que doía de tanto rir. — Lucas! Que história foi essa? Tá de brincadeira?

— Joana, acredita em mim. Eu não estou louco. Achei que tinha sido um pesadelo, mas, quando acordei hoje de manhã, olha o que encontrei perto da minha varanda.

Enquanto falava, ele retirou a pedra do bolso, envolta na mesma toalha de antes. Abriu-a e mostrou:

— O que acha?

Joana arregalou os olhos e, num impulso, quase tocou a pedra, mas foi interrompida por Lucas.

— Não toque! — disse ele, firme. — A louca agora é você! Não ouviu o que acabei de te contar? Se você tocar, sabe lá o que vai acontecer!

— Mas...
— Mas nada. Vou te mostrar.
Ao tocá-la novamente, Lucas joga a bengala. O que Joana vê é a pedra brilhar, apagar e, em seguida, se dissolver ao penetrar a pele de Lucas, irradiando luz através de suas veias. Seu corpo começa a crescer, ganhando formas de um adulto. A roupa que usa se transforma em uma pele dourada revestida por um traje azul cintilante. Nos pés, surgem sapatos com pontas nos calcanhares; nos punhos, luvas combinando. Ele agora usa um calção, preso por um cinto de um vermelho intenso e, no dorso, um colete ajustado que deixa o abdômen à mostra, estampado com um símbolo em chamas de cor amarela. No rosto, uma máscara se forma, cobrindo das maçãs do rosto até o topo da cabeça, onde as línguas de fogo substituem o cabelo. No lugar dos olhos, não há pupilas, apenas o brilho dourado da pele. A transformação é completa. Não é mais o seu amigo ali presente, mas algo que se assemelha a um humano fantasiado — mais do que isso, um ser de outro mundo.

Joana esticou o dedo indicador e, lentamente, aproximou-o do tórax flamejante. Esperava sentir calor, mas seu dedo atravessou até tocar o peito do estranho.

— Parece... um cometa.
— Preciso de sua ajuda. Seu amigo precisa de sua ajuda.

— Meu amigo? Quem... ou o que você é?

— Eu sou seu amigo e Lucas confia em você.

Joana deu um sorriso amarelo enquanto seu rosto parecia esquentar.

— Me chamo Varik, das terras de Meddenwish. Estamos em guerra. Por obra de uma perigosa feiticeira, fui lançado através de um portal e vim parar aqui. Fui condenado a me perder para sempre na forma de uma pequena pedra... até seu amigo, meu hospedeiro, me encontrar.

— Quer dizer, então, que você é tipo um alien?

— Alien? O que é "alien"? Ah, entendi. Sim. Mais ou menos. Ao que parece, estou em uma dimensão diferente da minha.

— E o meu amigo, como é isso de "hospedeiro"?

— Eu tenho algum controle sobre a matéria dele. Minha consciência e a dele estão unidas. Ele está aqui agora, falando com você, mas através de mim.

— Ainda bem que me avisou...

— Não entendi.

— Nada não... Mas, enfim, como posso ajudá-los?

— Ele deseja refazer os laços com o irmão dele. A última imagem que tem é de um lugar chamado Cracolândia.

— É um lugar horrível. Triste de ver e saber que existe.

— Quero que me leve até lá. Você já passou férias com seu pai em São Paulo. Você deve conhecer um pouco aquela região.

— Nem pensar! Eu não vou naquele lugar! Além do mais, estamos a quilômetros, não temos transporte...
— Seu amigo...
— Tá. Mas e o transporte? Nem dirigir direito eu sei.
— Isso eu providencio.

CAPÍTULO II
O CORONEL

Enquanto Marina iniciava os preparativos para o almoço naquele domingo frio de inverno, mas ensolarado, o interfone tocou. Era do portão principal da fazenda. Marina atendeu, e do outro lado veio a voz do caseiro:

— Oi, dona Marina. Tem um coronel do Exército aqui querendo falar com a senhora. O que eu faço?

— Larga de ser tonto, homem! Vai barrar um coronel do Exército? Deixe-o entrar!

Três veículos militares da equipe entraram, enquanto outros dois ficaram do lado de fora, sob ordens do coronel para impedir a passagem de qualquer um que aparecesse.

Ao chegar à frente da casa-grande, foi recebido o tal coronel, no alpendre.

— Bom dia, senhora Marina. Sou o coronel Augusto dos Santos. Perdoe a visita sem aviso.

— Bom dia. Vamos entrar — disse Marina, acenando em direção à porta.

Já na cozinha, enquanto Marina servia o café, o coronel falou:

— Veja bem, senhora Marina, nossa inteligência monitora todo o espaço aéreo brasileiro com o que há de mais moderno em tecnologia. Um de nossos satélites captou um sinal estranho com imagens de um meteorito, ou coisa parecida, justamente na sua fazenda.

— E como posso ajudar? Eu não vi nada. Quando foi isso?

— Ontem à noite. Eu gostaria da sua permissão para minha equipe dar uma olhada por aí. Fazer algumas perguntas...

— Claro. Sabe que a área é extensa...

— Não se preocupe. Eu só preciso mesmo de sua autorização para prosseguir pacificamente.

— Entendo.

Silêncio. Marina deu um último gole no café, colocou a xícara sobre a mesa e se levantou.

— Tenha um ótimo dia. Vou terminar meu almoço.

Assim que o convidado saiu, Marina interfonou para Estela:

— Preciso falar com você aqui. Agora.

Próximo à sua equipe, o coronel deu as ordens:

— Capitão, pode chamar os outros. Cerquem tudo. Montem um perímetro. Ninguém sai daqui sem o que vim buscar.

— Entendido, senhor. — O capitão inclinou o rosto até o rádio em seu ombro e disse: — Atenção, equipe. Cerquem tudo!

O coronel então perguntou:

— Alguma informação das pessoas da fazenda?
— Somente os oito seguranças. Estão desde ontem. A troca de turno é ao meio-dia. A administradora da fazenda e sua filha. A senhora Marina e seu neto. Mas a informação é que os adolescentes saíram juntos hoje de manhã, senhor.
— O patrãozinho e a filha da empregada, né? HAHAHA! — o coronel deu uma risadinha sarcástica e prosseguiu: — Pede pra alguém rastrear esses dois. Não devem ter ido longe. Vão buscá-los.
Enquanto isso, na casa-grande, Marina e Estela conversavam.
— Vim o mais rápido que pude. Tomei cuidado para não ser vista. O que está acontecendo?
— Não sei. Esse tal coronel praticamente invadiu nossa fazenda, dizendo que está procurando uma coisa que caiu do céu. Pior que já mandei procurar o Lucas em toda parte e nada ainda.
— Onde estiver, a Joana deve estar com ele. Lá em casa ela também não está.
— Onde será que esses dois se meteram? Estou preocupada. Não confio nesses militares.
— Eu também não. Depois que resolveram tomar conta do país, eles se sentem donos de tudo e de todos. Sabe-se lá o que podem fazer se encontrarem os dois.
A porta se abre. É o coronel.
— Olá! A senhora deve ser a Estela. Prazer, coronel Augusto dos Santos. Estava à sua procura.

Vasculhei sua casa vazia. Onde está sua filha? Parece que ela é muito amiga do patrãozinho.

— O senhor deve estar se referindo ao Lucas. De fato, eles são muito amigos. Eu não sei onde estão.

— Tenho razões para acreditar que encontraram algo que pertence ao governo brasileiro. Preciso que os localizem imediatamente.

— Estou ligando para ela, mas só dá caixa postal.

— Também não consigo falar com o Lucas — completou Marina.

— Não tem problema. Vamos encontrá-los.

De repente, entra o capitão, que recebeu ordens mais cedo, com cara de assustado.

— Com licença, coronel — e cochichou em seu ouvido algo que as duas se esforçaram em vão para ouvir. — Com licença, senhoras — acenou com a cabeça se despedindo e saiu rápido com o capitão.

Lá fora, no fundo de um furgão caracterizado com a camuflagem do Exército, um grande equipamento com vários monitores, botões, microfones e alto-falantes.

— Nossos satélites rastrearam o celular dos adolescentes. Eles estão no centro de São Paulo agora.

— Impossível.

— Tem mais. Conseguimos capturar imagens deles saindo da fazenda a pé, pelo portão dois, enquanto o segurança foi ao banheiro.

— Como sabe que ele foi ao banheiro?

— Ele confessou, depois de ver essa parte do vídeo.

— E tem mais?

— Sim. Veja isso, coronel.

Uma imagem de cima os captura já a alguns metros do portão, longe da visão de qualquer pessoa. O garoto parece retirar algo do bolso. Uma luz ofusca a imagem, para depois revelar alguém em tons de amarelo, com a cabeça em chamas. A garota se aproxima e é envolvida por aquela energia. Em uma fração de segundo, há uma explosão de ar e os dois desaparecem, sem deixar sinal.

— Inacreditável... — disse o coronel, com um sorriso disfarçado no canto da boca. — Quando foi isso?

— Pouco antes de chegarmos, e uns doze minutos antes de captarmos o sinal deles em São Paulo.

— Duzentos quilômetros em doze minutos?

— Sim, senhor. Parece que quebraram a barreira do som.

— Manda o helicóptero descer. Vamos atrás deles.

— Podemos encerrar a operação aqui, senhor?

— Sim. Recolham tudo. Inclusive as senhoras lá na casa-grande. Serão nossas convidadas.

No helicóptero, o capitão sentou ao lado do piloto. Atrás, Estela, Marina ao centro, e o coronel.

— O senhor é muito convincente. Meu almoço vai esfriar.

— Depois que resolvermos isso, a senhora terá uma refeição digna. Diga-me, o que seu neto e aquela menina podem querer indo para São Paulo?

Marina e Estela olharam-se preocupadas.

— Não tenho ideia.

— Eu sei que está mentindo. Não tem problema. Acho que já demonstrei que sempre encontro um jeito de conseguir o que quero.

A viagem continuou em silêncio, até o piloto informar:

— Chegamos. Vou pousar naquele prédio.

CAPÍTULO III
MEDDENWISH

A o longe se vê uma ilha em forma de diamante, com duas praias. Uma a oeste, cortada ao meio por uma enorme ponte de pelo menos dezesseis quilômetros de extensão sobre o mar, unindo-a ao continente. Outra a nordeste, formada de um pequeno côncavo recebendo ondas suaves do oceano. Ao sul, uma vertiginosa vista do alto de um paredão de rochas, de onde uma queda não seria perdoada. Na extremidade norte, um farol abandonado, numa área que se estende por uma grande planície árida e rochosa, servindo de caminho em direção à região central, onde se encontram pequenas casas de madeira entre ruínas de outros tempos.

A lua estava alta no céu, e os habitantes pareciam dormir em silêncio, exceto por uma casa, que resistia ao cansaço do dia. Mais perto, podia-se ouvir murmúrios em uma língua estranha. Pela fresta da única janela daquela precária construção, viam-se umas dez ou mais pessoas, com a pele em tons que iam do vermelho ao azul-escuro, do bronze metálico ao dourado, passando pelo amarelo. Mesmo assim, era possível discernir que havia homens e mulheres no recinto, em torno de uma grande mesa de madeira retangular. Alguns sentados, outros mais exaltados, em pé, e outros mais distantes, à beira de um fogão a lenha. Velas ajudavam a iluminar o lugar.

Com mais atenção, era possível perceber a urgência e a gravidade do assunto. Foi então que aquele que parecia ser o mais velho, usando uma grande túnica encardida, luvas azuis e um grande gorro que cobria o rosto inclinado, tomou a palavra e disse com voz firme, de modo que todos entenderam:

— Amigos, por favor, estamos aqui para decidirmos nosso próximo passo para reconquistar nossa terra e livrar Meddenwish da tirania de Rasal-Hague e seu marido, o rei Nurta.

— Lum, tem razão! Devemos defender a terra que foi deixada por Solum aos nossos ancestrais, milênios atrás, e expulsar os invasores — concordou um deles.

— Sim, mas acabamos de perder nosso maior herói em uma batalha direta com Rasal-Hague. O que podemos fazer? — duvidou outro.

Antes que os demais pudessem se exaltar novamente, Lum interrompeu e decretou:

— Eu vou a Etérium encontrar um meio de trazer Varik de volta. Ele é o único que pode unir novamente as forças elementares que formam a terra de Meddenwish.

— Isso é loucura! — duvidou um.

— Não vai conseguir... além da distância, terá de atravessar territórios inimigos e ainda convencer a sentinela do Espírito a te ajudar — duvidou outro.

— Sei que é muito arriscado, mas não há outra forma.

— Talvez haja um jeito... — ponderou aquela a quem alguém na sala se referiu como Héstia, uma ruiva esguia de cabelos lisos até o ombro, com pele igualmente vermelha, coberta por uma túnica alva.

E continuou, espalhando o grande mapa que estava enrolado num canto da mesa:

— O certo seria navegar pela baía ao norte, porém não temos nenhuma embarcação disponível, e o sentinela da Água, Lothan, não irá permitir.

— Aquele covarde serve aos desejos de Rasal-Hague! — praguejou um gordo de barba farta, elmo e aspecto bruto.

— Pelo continente — continuou Héstia — o melhor caminho é seguir ao sul, contornando a oeste pelas fronteiras do Reino Gelado, das Minas de Prótons, da Floresta Imortal, até chegar no Deserto de Fogo, onde eu posso ajudar. Embora mais longe e demorado, o risco de lidar com as forças do Ar e de Nurta é menor. Apesar do Reino Gelado também ser controlado por Lothan, a extensão é menor que o oceano, e não teríamos de lidar com ele diretamente.

Enquanto falava, notou que todos prestavam atenção, incluindo Lum, que a essa altura já havia tirado o gorro, revelando sua pele dourada em um rosto enrugado, de nariz alongado e lábios finos.

Foi quando uma jovem, que preparava alguma coisa em um caldeirão ao fogo, se intrometeu na explicação:

— Perdoem-me.

Todos olharam em sua direção com ar de reprovação. Mesmo envergonhada, perguntou:

— Por que precisamos lutar contra Rasal-Hague? Vejo tantas tragédias em nossas famílias desde que essa guerra persiste, e eu mesma não conheço a paz. Por que não se render logo, enquanto há vida para se viver?

Foi Lum quem respondeu.

— Jovem menina, em sua pouca idade, ainda não conhece a história de nosso mundo. Vou lhe contar em detalhes, porque eu estava lá com Héstia, a sentinela do Fogo.

— Não temos tempo, Lum — protestou um dos presentes.

— Não se preocupe. Será bom para relembrarmos as razões pelas quais estamos aqui reunidos. Menina, ouça.

Imediatamente ela deixou seus afazeres, puxou um assento e acomodou-se para ouvir a história:

— *Há muitos séculos, o rei Pierotus, ainda um jovem adulto, em condição maltrapilha e rastejante, ao se ver* isolado em uma vasta planície desértica, após toda sua família morrer de fome e de sede, num último suspiro, olhou para o céu e rogou a Solum, o deus criador, que o curasse de sua fome e devolvesse a prosperidade de outrora àquela região.

"Solum então apareceu magicamente diante dele, como um sonho: um espectro tão iluminado que Pierotus mal conseguia olhar diretamente. Achava estar delirando, mas uma confiança enchia o seu coração como há muito não sentia. Foi quando ouviu uma voz vibrante vinda daquela imagem.

"'Eu tenho fé em ti. E tu, tens fé em mim?'

"'Eu tenho... eu tenho...' disse, tremendo em meio a prantos, porém um leve sorriso de felicidade estampava seu rosto.

"'Pois bem, eu te dou o que me pedes. Devolvo-te o que perdeste e entrego-te mais: toda esta terra, de agora em diante, deixo aos teus cuidados.

"'Solum, Mestre e Senhor de toda a Criação, o que suas palavras significam?' disse ele, ainda de cabeça baixa, em tom assustado.

"'Toda a destruição que presenciaste foi obra dos homens deste mundo, que corromperam as forças elementares da natureza para benefício próprio, com o louco desejo de poder. Eu reestabeleço a nova ordem. Serás o regente dessas terras, que batizo de Meddenwish, para que as futuras gerações não esqueçam das razões de sua queda.

"'Regente...', balbuciou ele.

"'As forças elementares se reunirão em torno de ti. Terás o dever sagrado de protegê-las em meu nome. Essa missão estender-se-á a tua prole, como uma herança irrevogável de sangue. Se tu ou teus descendentes vierem a falhar, a ruína desta nação será certa. Entendes o que te proponho?

"'Entendo.

"'Concordas?

"'Concordo.

"Ainda no chão, de cabeça baixa, não viu quando Solon estendeu a mão direita sobre ele, projetando raios coloridos em seu corpo e depois no terreno árido à sua volta. À medida que esses raios se espalhavam em todas as direções, deixavam rastros de natureza viva, onde a vista pudesse alcançar. Lentamente, seu corpo, agora repleto de luzes coloridas, flutuou até ficar de pé diante de Solum. Sua aparência, agora saudável, transbordava alegria e bem-estar, e ele vestia roupas dignas de um rei. Ao tocar o chão novamente, ajoelhou em silêncio. Sem que pudesse perceber de onde, uma mulher, um casal de crianças e um adolescente, todos com visível euforia, correram até ele e prostraram-se em silêncio. Outros rostos familiares começaram a aparecer aos montes ao redor deles e repetiram a reverência.

"'Está feito!' disse Solum, desaparecendo para nunca mais ser visto.

"Desde então, Meddenwish prosperou em paz e harmonia entre as várias nações que a habitam, cada qual com sua força elementar, e manteve esse nome *para lembrarmos de nossas raízes. Milhares de anos se passaram. Certo dia, um descendente direto do rei Pierotus deu um de seus filhos gêmeos em casamento a uma rainha de outras terras. Ninguém sabia de quem se tratava, na verdade. Ela chegou vinda do leste, em visita, com uma grande comitiva e transportes extraordinários, que flutuavam sobre a água e pelo ar, como nunca tinha se visto antes.*

"O rei ficou deslumbrado com o poder e conhecimento das forças elementares que ela ofereceria ao nosso reino. Persuasiva, ela seduziu o rei com suas ideias revolucionárias para usar os abundantes recursos naturais de que ele dispunha, sob o pretexto de compartilhar seu domínio sobre uma ciência até então desconhecida em Meddenwish, motivando-o a consolidar uma aliança, sem que ele soubesse o que viria a seguir. Organizaram em pouquíssimo tempo uma linda cerimônia. Dias depois, o rei foi encontrado morto em sua cama, aparentemente de causas naturais. Então Nurta, seu filho, subiu ao trono com a esposa, Rasal-Hague, como rainha consorte. O irmão de Nurta, Enlil, contrário ao uso abusivo dos recursos, desaprovava aquela união. Depois de confrontar o irmão, levantando suspeitas sobre a cunhada e as circunstâncias da morte do pai, foi considerado traidor e jogado na prisão para nunca mais ser lembrado. Nurta cedeu a todas as vaidades de Rasal-Hague, trazendo escravidão e sofrimento a esta nação. A extração indiscriminada de nossos recursos naturais para a construção da fortaleza dela,

entre outras coisas, devastou nossas terras. Todos que tentaram resistir foram mortos.

"E essa é a história resumida que todos precisamos lembrar: estamos lutando e entregando nossas vidas por uma terra que já conheceu a harmonia entre o homem e as forças elementares da natureza, representada por suas sentinelas."

A menina, atenta à explicação assim como os demais, perguntou:

— Quem são essas sentinelas e o que fazem?

— As sentinelas são seres imortais criados por Solum muito antes dessa terra existir como a conhecemos. Elas habitam nosso mundo protegendo, cada uma à sua maneira, uma determinada força elementar, sem interferir nas decisões do rei. Por exemplo, eu, Lum, sou o sentinela da Luz. Héstia, nossa amiga aqui, é a sentinela do Fogo. E há outro amigo nosso, na Floresta Imortal, que é o sentinela da Terra. Lothan, da Água, e outras sentinelas, da Gravitação, da Eletricidade, dos Metais e do Ar, não resistiram aos domínios dos Números. Eis a força de Rasal-Hague, que também é uma sentinela. Ela no passado se opusera aos desígnios de Solum, afastando-se por longo período. Não admitia se submeter a meros mortais. Até retornar e corromper o equilíbrio antes existente.

— Se ela é imortal, então, quando o nosso rei, que é humano, morrer... ela será a soberana de todas as terras...

— Vejo que a menina está mesmo prestando atenção — disse Lum, esboçando o primeiro sorriso naquele rosto velho.

— E Varik, onde entra nisso tudo? Por que ele é tão importante?

— Com o declínio acelerado e contínuo de nosso mundo, causado pela manipulação dos elementos e pelas forças de Rasal-Hague, as forças que nos dão poderes especiais, além da imortalidade, estão se esvaindo. Surpreendentemente, Varik, apesar de não ser um sentinela, demonstra uma capacidade prodigiosa que nos dá esperança. Por isso é tão importante encontrá-lo o quanto antes.

"Você não perguntou, mas existem ainda outras três forças elementares da natureza: o Átomo e o Espírito, que, apesar de extremamente poderosos, permaneceram neutros e não tomam partido. E a Vida, uma força misteriosa, conhecida e dominada apenas por Solum."

Quando Lum encerrou, voltaram-se ao mapa e começaram a discutir sobre os desafios que ele e sua nova parceira de jornada, Héstia, deveriam enfrentar. Ficaram ali por mais algumas horas antes de se recolherem.

O sol levantava-se tímido no horizonte, tingindo a praia com um traço laranja. No outro extremo da ilha, um grupo se despedia de Lum e Héstia, que ainda colocavam os últimos suprimentos na carroça que os levaria. O veículo era puxado por um animal bastante robusto, um equironte, misto de cavalo e rinoceronte.

— Será que estamos levando suprimento suficiente? — indagou Héstia.

— Certamente não morreremos de fome — respondeu Lum, rindo para Héstia, enquanto amarrava um pacote sobre a carroça já abastecida.

— Vejo que está de bom humor. Ainda bem. Não suportaria a viagem com seu mau humor habitual.

— Vamos enfrentar quilômetros nessa carroça horrível, olhando para o traseiro deste animal, e sua preocupação é meu mau humor?

— Tem razão. Mas, em vez de reclamar o tempo todo e se concentrar na cauda do bicho, você deveria aproveitar a paisagem. Poderia me contar algumas de suas histórias... aliás, você é um ótimo contador de histórias.

— Só conto o que vejo...

— Aquela menina ficou impressionada com você ontem. Mas você não contou tudo.

— Contei o que ela precisava saber. Esqueça isso. Esses homens acham que sabem tudo, que podem tudo. Na verdade, eles sabem o que permitimos que saibam, para o próprio bem deles.

— Tem razão, mais uma vez.

— Pronto! Podemos ir.

Subiram na carroça. Lum pegou as rédeas e seguiram em direção à ponte na praia, sem notarem que a menina curiosa se esgueirava embaixo, próxima de uma das colunas da ponte. Quando passaram, ela aproveitou o momento e, com um salto, subiu e se escondeu entre as bagagens.

CAPÍTULO IV
SÃO PAULO

A manhã fria e úmida naquele domingo combinava com o asfalto cinzento, sombreado por antigos edifícios. Ao fundo, uma monumental construção de estilo neoclássico abrigava, além do grande relógio inglês no alto da torre, uma estação centenária de trens. A vizinhança era composta por lojas e comércios variados que, abertos durante a semana, tornavam o local movimentado. No entanto, com o comércio fechado, o ambiente estava calmo, quase deserto, exceto por alguns transeuntes que passavam apressados, sem olhar para os lados. Por isso, ninguém notou uma explosão silenciosa de ar em uma pequena praça triangular, onde aparelhos de ginástica e algumas árvores se destacavam ao centro, ao lado de um ponto de ônibus vazio.

— Ei! O que foi isso? Estou meio tonta... enjoada... — disse Joana, inclinando o corpo como se fosse vomitar. Tomou fôlego e perguntou: — Onde a gente tá? Peraí! Conheço este lugar... — Olhou em volta e concluiu, resignada: — A gente tá em São Paulo. Ali à frente é o lugar que chamam de

Cracolândia. Nossa! Aquela rua parece a porta de entrada para o inferno... Muito triste... — Emendando uma frase na outra, perguntou: — Mas como você fez isso?

— Tenho a habilidade natural de ser muito veloz em meu mundo. Mas me diga. Que lugar é este?

— Eu não sei como é no seu mundo, mas vou tentar explicar. Esta é a maior capital da nossa nação. Estamos na região central, que infelizmente tem a triste fama de concentrar um grande número de pessoas vivendo em condições sub-humanas, com privações de todo o tipo.

— Meu mundo não parece tão diferente... — disse desalentado. — Continue.

— A maioria não tem moradia, se abriga como pode, famílias inteiras dormem embaixo das marquises desses prédios. Outros vivem isolados das famílias, por opção, por necessidade, ou porque foram abandonados devido a algum problema.

— Que tipo de problema pode levar ao abandono? — perguntou, admirado.

— Os mais diversos. Geralmente, são problemas de desordem psicológica. A maioria é dependente de substâncias químicas. De algum modo, vindos de todas as partes, eles se reúnem aqui e formam uma espécie de tribo, para usarem o "crack". Daí vem o nome deste lugar. Eles transitam por essas ruas e avenidas como mortos-vivos, em busca de meios para alimentar o vício.

— Aqui foi o último lugar onde Lucas viu o irmão dele. Quero ajudá-lo a encontrar o irmão, já que ainda não tenho como voltar para a minha casa.

— Vamos tentar. Eu não gosto deste lugar. É perigoso — disse ela, com olhar apreensivo.

— Entendo.

— Eu quero saber mais sobre você, mas, com sua aparência, vamos chamar muita atenção aqui. Você entende, né? Melhor trazer o Lucas.

— Claro.

Numa fração de segundo, aquela imagem imponente retornou à aparência frágil de antes. Lucas se desequilibrou, mas foi amparado por Joana, que estava atenta, com a bengala à mão.

— Tudo bem, Lucas?

— Tudo bem — respondeu ele, pegando a bengala de volta e se afastando timidamente, enquanto guardava a pedra mágica.

— Bom... Estamos aqui. E agora? — perguntou Joana.

— Não sei, na verdade. Só pensei que pudesse ver meu irmão mais uma vez. Não era meu plano te envolver nisso. De repente, estamos aqui e não sei por onde começar.

— Vamos sentar um pouco ali no ponto de ônibus. Você deve estar cansado.

— Estou sim. Mas, para quem veio de mais de duzentos quilômetros, até que estou bem.

Acomodaram-se, e dali podiam ver a rua onde Lucas avistara Mateus.

— Quando foi que esteve com Mateus pela última vez?

— Deve fazer uns dois anos, foi quando fiz a última cirurgia. Ele apareceu pra me visitar — disse ele, segurando a perna direita, cuja cicatriz ficava o tempo todo escondida na calça jeans azul desbotada. Desde o acidente, Lucas preferia usar calça em público, pois sentia vergonha da cicatriz.

— Puxa... — lamentou Joana, com ar de compaixão. — Você sabia que ele andava por aqui?

— Suspeitava. Ele não lidou muito bem com a perda de nossos pais. Já andava com uns caras esquisitos aqui de São Paulo, na época da faculdade, sabe? Mas era tranquilo, na dele.

— Minha mãe conta umas histórias da época da faculdade... cada uma... — disse Joana, abanando a cabeça.

— Então, aí ele sumiu. Minha avó colocou detetives atrás dele. Encontravam, traziam ele de volta, mas depois de algumas semanas ele sumia de novo. Até que ela desistiu.

— Era exatamente sobre isso que estava falando com o... Cometa! Vou chamá-lo assim.

— Cometa?! HAHAHA! Se eu tiver um cachorro, vou chamar ele assim!

Os dois riram muito, se entreolharam e ficaram sem graça um com o outro.

— Hum... — Lucas limpou a garganta e retomou com seriedade. — Sim. E por isso não sei o que vou fazer se encontrar o Mateus. Nem sei se ele vai me reconhecer.

— Só tem um jeito de saber. Está vendo aquela rua ali? — disse ela, apontando. — É onde se concentra a maioria dos noias... Desculpa! Quer dizer... é... dependentes químicos — corrigiu-se.

— Entendi.

— Temos que nos misturar e ver se ele está em condições de conversar. Qualquer coisa, a gente liga para sua avó. Seu telefone está aí, né?

Lucas bateu a mão no bolso esquerdo da calça para conferir.

— Sim. Mas ela nem sabe que estamos aqui...

— Tem razão! Outro plano: você vira o Cometa e leva a gente pra casa. Lá, a gente inventa que encontrou ele pelas bandas de Casa Branca.

Caminharam até a esquina daquela rua e observaram centenas de pessoas andando de um lado para o outro, enlouquecidas, com roupas esfarrapadas e imundas, homens e mulheres sem camisa, descalços, cabelos desgrenhados. Pareciam estar ali há dias, sem comer, sem banho e sem dormir, carregando garrafas igualmente encardidas contendo um líquido transparente — difícil distinguir se água ou cachaça. Nas mesmas condições, alguns empurravam carrinhos de supermercado, ou um tipo improvisado de carrinho de mão feito com sucata de geladeira, abarrotado de papelão e outros materiais. Mais adiante, em uma das esquinas, uma fogueira parecia queimar desde a noite anterior, rodeada por um grupo, embora ninguém ali parecesse sentir frio. Em outra esquina, um grupo cantava animado, entoando antigos sambas e batucando em baldes, panelas ou qualquer coisa que emitisse som. Lucas e Joana se olharam novamente, mas agora com preocupação e arrependimento. Foi Joana quem deixou escapar:

— Putz! É pior do que pensei.
— Parece um filme de zumbis...
— Você precisa entrar aí se quiser encontrar o Mateus. Não tenho ideia da cara dele.
— Tá! Mas você vem comigo, né?

Joana assentiu, sem responder.

— Deixa eu ver de onde a gente começa...

Lucas tentou se apoiar na bengala, inclinando-se para ficar na ponta do pé com a perna boa, esticando-se para avistar alguma coisa que não sabia bem o que era. De repente, avistou, quase no meio da rua, uns oitenta metros à frente, um prédio todo pichado e sujo, com uma porta grande de aço e uma porta estreita à direita. Algumas pessoas, inclusive crianças, entravam e saíam de lá. Lucas ficou curioso e comentou:

— Pode ser que o Mateus esteja naquele prédio. Veja.

Joana se esticou e olhou com receio para o prédio indicado.

— Você quer mesmo entrar ali?

— Coragem! — disse firme, tentando encontrar coragem em si mesmo.

Joana concordou e, juntos, começaram a caminhar devagar entre a multidão fétida, que esbarrava neles. Ao chegarem à frente do local, notaram duas escadas, uma que subia para os dois andares superiores e outra que descia para o subsolo, de onde subiam e desciam as pessoas. Hesitaram um instante, recobraram a coragem e desceram. O odor era tão forte que, mesmo prendendo a respiração, não conseguiam evitá-lo. Era um cheiro tão intenso que parecia arder os olhos. Finalmente, no subsolo, encontraram um salão mal iluminado, que servia como estacionamento durante a semana. Um elevador trazia os carros da rua detrás do prédio. Um pequeno ventilador de parede dispersava um pouco o calor e o mau cheiro. À esquerda, ao lado da escada, um homem de boné e regata branca, bermuda jeans, chinelo e um relógio grande e dourado no pulso esquerdo, carregava cédulas entre os dedos. Sem perceber, eles seguiram em uma fila até estar de frente para o cidadão.

— Opa! E aí, gatinha? Você é nova aqui. Hoje é cortesia da casa pra você. Toma aqui. Depois você volta pra gente bater um papo — disse o homem para Joana, jogando sobre a mesa algo embrulhado em papel-alumínio.

— E você, garotão? O que vai ser?

— Na verdade, eu estou procurando uma pessoa...

— Tem a foto dessa pessoa aí?

Lucas colocou a mão no bolso e gelou ao perceber que o celular havia sido furtado.

— Até tinha sim, mas roubaram meu celular...

— Ai, caramba! — Joana automaticamente levou a mão ao bolso e constatou a mesma coisa.

— Você também, gatinha? — disse, rindo, o traficante, que a essa altura já havia atendido umas seis pessoas. E confirmou, em tom irônico: — É... Aqui é perigoso... Você não sabe que tipo vai encontrar pelo caminho...

Lucas e Joana se olharam mais uma vez, lamentando a bobagem que fizeram.

— Mas, diz aí, quem é que estão procurando?

— Meu irmão — disse Lucas, já sem muita esperança na voz. — Ele deve estar por essas bandas, certamente você já o viu.

— Certamente, mas são tantos rostos que nem olho mais. Alguns desaparecem e a gente nem nota, morrem por aí. Mas a clientela não diminui, ao contrário, só aumenta.

— Quando a reportagem esteve aqui a última vez?

— Quinta, eu acho. Estão sempre por aí — disse, enquanto já havia atendido outros quinze da fila.

— E a história das pessoas desaparecidas?

— É como eu disse, a gente não repara nisso, mas falam por aí que passa um camburão de madrugada, toda sexta-feira, e leva quem tiver de bobeira na avenida.

— Camburão?

— É. Uma viatura da polícia, com espaço na traseira para os presos. Mas essa dizem que não é da polícia. É verde-camuflada. Tipo do Exército, sabe?

— Pra onde os levam?

— Não sei — disse, enquanto arrumava umas notas nos dedos e guardava outras no bolso já cheio. — Oh, Pezão! — gritou para um homem enorme que não haviam notado, encostado na parede oposta. — Leva as crianças aqui até a saída — ordenou. — Não tenho mais como ajudar. Tô ocupado, como podem ver.

— Muito obrigado — agradeceu Lucas.

— Muito obrigada — agradeceu Joana, empurrando o objeto de volta na mesa, enquanto o Pezão os guiava para fora.

O traficante somente acenou com a cabeça baixa, enquanto atendia ao trigésimo primeiro cliente.

Lá fora, voltaram pelo mesmo caminho, dessa vez escoltados, até a esquina, com esperança de vislumbrarem alguém com seus celulares. Em vão. Agradeceram ao Pezão, que deu as costas sem responder. Na praça, Lucas colocou a mão no outro bolso e sentiu-se aliviado por sua pedra ainda estar com ele. Sentaram-se novamente no ponto de ônibus, tentando não se incomodar com aquele odor impregnado em suas roupas. Lucas quebrou o silêncio.

— Muito obrigado, Joana. Tive medo por você.

— Nada. Eu tirei de letra! — disse, tentando esconder a angústia pela qual tinha passado.

— Esse tal camburão deve ter levado o Mateus, mas pra onde? — olhou para o céu, esperando uma resposta.

— A base do Exército mais próxima daqui, se não me engano, fica no Paraíso. Vamos até lá ver o que descobrimos.

— Isso, perto do parque Ibirapuera. Boa ideia! — Pegou a pedra no bolso, e Cometa repetiu o que havia feito mais cedo.

Mais que depressa, chegaram ao local.

A sede do Exército em São Paulo ocupa um quarteirão inteiro, em uma ampla avenida impecavelmente limpa, cortada por árvores no centro, dividindo os sentidos do tráfego. Localizada em uma das áreas mais nobres da cidade, a base é rodeada por avenidas igualmente largas, mansões e edifícios comerciais e residenciais de alto luxo.

Nem parecia a mesma cidade.

À frente, a sede do Poder Legislativo paulista, de onde se avista o Monumento às Bandeiras e os portões do parque Ibirapuera.

Toda essa paisagem contrastava com a visão que haviam tido há poucos minutos, e a rapidez com que chegaram fez parecer que apenas tinham trocado de canal na televisão.

Toda a área é cercada por grades de ferro. O portão principal dá para uma bifurcação. À direita, leva a imponentes edifícios administrativos, no interior da base. À esquerda, está o estacionamento aberto. No centro, uma guarita, com uma parede estilizada que designa o local, e uma estátua de um soldado com armadura medieval, empunhando uma longa espada na mão direita e um escudo na mão esquerda, protegendo o corpo à frente. No escudo, os contornos do mapa brasileiro, com a inscrição:

Brasil de hoje
Ordem e Progresso
Integração Cultural
Social e
Econômica.

Apesar da imponência, o local estava deserto, já que era um domingo frio, exceto por um soldado raso que guardava a área, atento em sua farda característica.

Mesmo assim, Joana sabia que invadir o local poderia ter graves consequências. Por isso, alertou Cometa, depois de vomitar no pé de uma árvore próxima, onde estavam espreitando.

— Veja, o estacionamento tem algumas viaturas com a descrição que nos deram — observou Joana. — O problema é que não sabemos se o Mateus ainda está aqui e, se estiver, não haverá ninguém para dar informações.

— Lucas e eu podemos entrar sem sermos vistos. Ele acha que, se conseguir acessar algum computador, poderá ter uma pista.

— Vai hackear os computadores do Exército brasileiro... Nossa, que original! O Lucas anda assistindo muito filme, sabia?

— Na verdade, o Lucas precisa é de uma namorada! — disse Cometa, com o que parecia ser o primeiro sorriso naquele rosto pálido, enquanto Joana corava, desejando um buraco para se enfiar, sem entender o repentino dom de Cometa para piadas.

— Foco, por favor... Se vocês acham que conseguem, eu vou ficar aqui escondida. Só não sejam presos. Não temos como nos comunicar, então, não demorem.

Cometa, guiado por Lucas, seguiu em direção aos edifícios em velocidade supersônica. Pulou a grade com facilidade, passou pelo soldado, que sentiu uma brisa no rosto, e entrou em um salão enorme, repleto de peças refinadas de decoração. Andou por entre corredores, rampas e escadas até avistar um homem de jaleco branco. Seguiu-o, vendo-o entrar por uma porta corta-fogo que dava acesso a uma escada em direção ao subsolo. Depois de três lances de escada, o homem parou diante de uma porta preta com fechadura eletrônica. Digitou algo, entrou, e antes que a porta se fechasse, Cometa conseguiu passar sem ser notado, exceto pelo ar que suspendeu a parte de trás do jaleco.

Escondeu-se sob uma das muitas mesas vazias que ocupavam o local, repleto de monitores e servidores até o teto. Sabia que estava no lugar certo e na hora certa, mas não fazia ideia de como conseguiria a informação de que precisavam — e, muito menos, como sair daquele lugar sem ser visto.

Ao longo daquela manhã, o negociante de drogas já havia acumulado uma grande quantidade de dinheiro e objetos valiosos trazidos pelos usuários, em troca de alguns momentos de alucinação barata. Entre esses objetos, havia relógios, pulseiras, colares, brinquedos, televisores, câmeras de segurança e celulares — muitos celulares. Tudo estava armazenado em um quartinho nos fundos da garagem.

Após a visita daquele casal de jovens dissonantes para o ambiente, ele sabia que não tardaria para dois novos celulares aparecerem ali. Sua aposta foi certeira. Em minutos, estavam em suas mãos, trocados por algumas doses de seu produto maligno. Depois, revenderia os celulares com alto lucro, abastecendo o mercado negro de eletrônicos na internet e em outros meios. Infelizmente para ele, a alegria não duraria tanto.

De repente, começou uma correria na escada. Ouviam-se gritos apavorados, e aqueles que antes buscavam descer começaram a subir as escadas de maneira desenfreada.

Em seguida, um militar desceu com a arma em punho, sem tempo para Pezão reagir.

— Parados! — disse o capitão calmamente. — Soltem as armas e deitem no chão.

Os criminosos obedeceram, e o capitão, com arma ainda em punho, iniciou o interrogatório.

— Onde estão os garotos?

— Que garotos, doutor? — perguntou o de camiseta regata.

— Não seja idiota! Eu sei que estiveram aqui, um rapaz com uma bengala e uma menina, mais ou menos da mesma idade. Onde estão?

— Não sei, não, doutor... Eles vieram aqui, fizeram umas perguntas e foram embora. Foi rápido.

— Quais perguntas?

— Não sei direito. Estavam procurando o irmão do carinha, parece. Foi só isso!

— O que você disse?

— Nada, não sei de nada. Juro! A gente não sabe nada do camburão, doutor — deixou escapar Pezão.

— Idiota! — retrucou o comparsa.

— Podem levá-los! — gritou o capitão aos policiais que estavam no topo da escada aguardando a abordagem. — Verifiquem aquela porta também. — Acenando com a cabeça para o quartinho, enquanto examinava os celulares em cima da mesa.

Mais tarde, junto ao helicóptero, o capitão relatou todo o ocorrido, mencionando o camburão ao coronel, que entregou os celulares a Marina e Estela, com um olhar de reprovação para Marina, que não dissera nada sobre o neto Mateus. Deu ordens para o piloto ir para o quartel, no Paraíso.

Joana não conseguia precisar, mas calculava que a demora de Cometa já se estendia por uns quarenta minutos. Estava apreensiva, pensando no que podia ter acontecido com ele e, principalmente, com Lucas. Seu coração acelerou ao ouvir o ruído das hélices de um grande helicóptero militar pousando nas instalações do Exército.

Disfarçadamente, do outro lado da rua, caminhou em direção a outro ponto da grade, onde conseguiu ver o helicóptero pousar. Dele saiu um homem fardado, de cavanhaque, óculos tipo aviador e boné camuflado, com arma em punho. Joana voltou os olhos para o helicóptero e congelou ao ver sua mãe sentada à janela. Havia mais duas pessoas além do piloto, mas não conseguiu distingui-las. A menina escorou-se em uma árvore e deixou-se escorregar até o chão, sentando-se. Colocou as mãos na cabeça, tomada pelo desespero. De repente, se deu conta que estava a quilômetros de casa, sem avisar nenhum adulto, em uma aventura perigosa envolvendo criminosos e, agora, o Exército.

Teve o impulso de gritar, mas Lucas confiava nela, não poderia decepcioná-lo. Iria até o fim para descobrir o paradeiro de Mateus, o motivo de todos estarem ali.

Isolada em seus pensamentos, lembrou da história que sua mãe contara sobre a família do amigo. Anos atrás, quando os pais de Lucas ainda eram vivos, formavam o que se pode chamar de uma família feliz. Moravam em São Paulo, mas frequentemente iam ao interior para cuidar dos negócios da fazenda. Mateus, na faculdade de agronomia, adorava festas, era muito alegre e vivia rodeado de amigos. Lucas, por sua vez, um menino de doze anos, era mais retraído, estudioso e inteligente. Tinha Mateus como herói, mas uma noite, ao voltarem de uma festa de casamento, foram atingidos por um veículo em alta velocidade que vinha na contramão enquanto esperavam o farol para virar à esquerda, perto de casa. O outro motorista, que estava disputando um racha em uma rua local, só teve tempo de desviar do impacto, jogando o lado do passageiro sobre os pais de Lucas, que morreram na hora. Lucas, no banco de trás, teve a perna direita quase destruída, além de várias escoriações. Não era a hora dele. O motorista conseguiu sair do carro e fugir do local a pé. O condutor só podia estar bêbado, a julgar pela quantidade de garrafas encontradas no interior do veículo. Apesar das investigações e das digitais, ninguém foi preso. Mateus saberia do ocorrido horas depois, pois havia ficado na festa e voltaria de carona. Esse evento foi traumático para todos, principalmente para Mateus, que se culpava de não estar com os pais na última hora. Ele chegou a abandonar a faculdade, o estágio na fazenda, e começou a viver nas ruas. Sua mente nunca mais foi a mesma. Foi mais ou menos nessa época que a mãe de Joana foi trabalhar na fazenda. Dona Marina resolveu cuidar pessoalmente do neto em recuperação, passando por diversas cirurgias de reconstrução. Lembrou-se do jeito educado e tranquilo de Lucas, que, apesar da dor da perda e de ter de lidar com médicos, fisioterapeutas e psicólogos, nunca deixou de pensar no irmão, que às vezes aparecia, mas logo partia sem deixar rastro. Joana sabia que, por sua condição, era a única amiga que ele tinha para conversar, embora nunca tocassem nesse assunto. Lucas também era seu único amigo, por quem nutria um sentimento platônico, apesar dos alertas de sua mãe: "Estamos aqui hoje porque sou funcionária. Não se apegue, pois amanhã posso não ser". Sua mãe era sábia e sempre a orientava da melhor maneira, mas ela ainda buscava razões para estar naquela condição, agora em uma situação incômoda, numa enorme cidade, sem saber o que viria a seguir.

Enquanto isso, Cometa permanecia preso naquele recinto com o homem de jaleco. Observava o homem por um tempo enquanto ele digitava alguma coisa no computador e fazia anotações em uma prancheta. O homem ligou para alguém de um telefone fixo, desligou e, em seguida, o telefone tocou novamente. Ele atendeu e começou a dar explicações sobre o carregamento de sexta-feira.

— Todos passaram na triagem na sexta-feira como de costume, e partiram para o laboratório em Brasília, como o senhor ordenou. Não tem ninguém aqui, a não ser a equipe que vai repetir a operação esta semana.

Com certeza ele está falando do camburão e dos passageiros raptados no centro, disse Lucas a Cometa, em pensamento. *Precisamos sair daqui imediatamente. A Joana deve estar preocupada.*

A porta finalmente se abriu, e atrás dela estava um oficial do Exército. Embora eles não soubessem, era o capitão cumprimentando o homem de jaleco. Foi a deixa para Cometa passar por detrás do capitão, em direção à saída, dando-lhe tempo de enxergar alguns monitores durante a corrida.

O capitão estranhou a corrente de ar, olhou em volta por uma fração de segundo e imaginou ter visto um vulto amarelo e azul, como na imagem de satélite. Lembrou que, nessa época do ano, ali era normalmente frio e que as correntes de ar eram necessárias para ventilar o subsolo. Contudo, na dúvida, e como era um oficial experiente, achou melhor pedir para o companheiro de jaleco buscar as imagens das câmeras de segurança. Enquanto este procurava as imagens solicitadas, disse:

— Capitão, acabei de relatar sobre as cobaias... Espera... Achei aqui, mas não vejo nada!

— Coloca em câmera lenta...

— Droga! Ele deve ter ouvido sua conversa. Olha ele aqui — colocando o indicador na tela, em seguida pegou o telefone.

— Atenção! Coloquem todos em alerta máximo, em breve vocês terão uma visita. O laboratório foi comprometido, chegaremos o mais rápido possível.

— Peraí. Eu não estou entendendo. Do que você está falando?

— Não se preocupe, doutor. Tem muita coisa que o senhor não entende. Antes de sair, formate todos os computadores e lacre esta sala. É uma ordem.

Já na rua, Cometa encontrou Joana desolada, jogada próxima a uma árvore.

— Ai... Finalmente...

— Desculpa a demora. Não foi fácil sair, mas conseguimos uma pista. O Mateus só pode estar em um lugar chamado Brasília.

— Ai, não! É sério?! — lamentou. — Temos outro problema. Minha mãe... não sei por que, está naquele helicóptero. É possível que a dona Marina tenha feito contato com os amigos dela no governo para nos procurar, e de algum jeito nos rastreou até aqui.

Enquanto discutiam o que fazer, perceberam uma movimentação. As hélices começaram a girar em alta velocidade, ao mesmo tempo que o capitão se aproximava, com passadas rápidas, segurando o boné para não o perder com a ventania ao redor do helicóptero. Mas, antes que a aeronave saísse do chão, Cometa se apoiou na porta aberta e resgatou Estela, de assalto. Foi quando percebeu que Marina também estava a bordo, com uma pistola apontada para sua cintura.

O coronel olhou pela janela e gritou para o capitão vir logo, mas, ao olhar de volta, nem Estela nem o estranho estavam mais ali.

Assim que o capitão entrou, o coronel gritou novamente para o piloto levantar voo. Sentindo a ameaça, queria sair dali imediatamente. O capitão havia relatado brevemente sobre o laboratório, através do rádio. A ordem era seguir direto para Brasília, no entanto o piloto alertou que seria necessário uma escala em Taubaté para abastecimento.

Cometa, que tinha acabado de colocar Estela no chão, olhou para o céu e viu, admirado, aquela máquina romper a gravidade, enquanto Joana e Estela se abraçavam entre lágrimas.

— Minha filha! Graças a Deus! O que está fazendo aqui? Onde está o Lucas? E quem é este estranho que me salvou? Marina! Marina está lá dentro, precisamos resgatá-la!

Depois de um tempo, Estela finalmente se acalmou um pouco, embora ainda estivesse com o estômago embrulhado e preocupada com o destino de Marina.

Joana explicou por que estava ali. Sua mãe deu a sua versão e entenderam que o coronel estava inicialmente tentando capturar Lucas ou o que ele havia encontrado na noite anterior, mas algo mudou os planos dele.

— Parece que o segredo está no tal laboratório em Brasília, afinal — concluiu Cometa.

— Mãe, a senhora está com seu telefone?

— Sim, filha. O meu e o seu. Tome.

— Ótimo. Precisamos de sua ajuda. Nosso plano também mudou, por ora. A senhora deve ter os contatos da dona Marina. — Estela acenou com a cabeça, concordando. — Ligue para algum amigo dela no governo que possa tirar a gente dessa enrascada. Cometa e eu vamos para Brasília.

— É muito perigoso. Não posso deixar você ir — disse Estela, segurando os braços da filha.

— Não se preocupe, mãe. Eu vou ficar bem, confie em mim. Qualquer novidade, a gente se fala pelo telefone. Além disso, terei um super-herói comigo! — disse sorrindo, e olhou para Cometa. A mãe também olhou e entendeu, deixando-a partir.

— Está bem. Não esqueça a bengala do Lucas.

Assim que o ar explodiu em sua frente, chacoalhando galhos e folhas das árvores, e levantando seus cabelos castanhos, Estela começou a ligar:

— Olá, general, como vai a esposa?

CAPÍTULO V
OUTROS CAMINHOS

Já nos primeiros quilômetros, Lum e Héstia perceberam que a viagem não seria tranquila. Enquanto seguiam pela grande e larga ponte metálica que liga a ilha do farol ao continente, notaram grande agitação das águas à sua volta, mesmo com a ausência de ventos. Em alguns momentos, as ondas quebravam na margem da alta ponte, encharcando os peregrinos e o caminho à frente.

A construção, erguida nos primeiros tempos da criação, testemunhou a primeira queda dos homens, a ascensão de Pierotus e o mais recente declínio da espécie. A grandiosidade de sua engenharia era posta à prova. Se não fosse rígida o suficiente, teria sido facilmente tombada por esse ataque direto. No entanto, permaneceu firme, servindo como passagem segura para aqueles viajantes, como se esperasse testemunhar o futuro que aguarda aquelas terras e seus habitantes.

No solo continental, continuaram por mais um tempo até se afastarem o suficiente do oceano. Ao olhar para trás, já não podiam mais vê-lo, agora distante.

Pisavam a nação vizinha de Âmbar, antes uma região próspera, agora sujeitada à escravidão imposta por Nurta e seus aliados. O plano era evitar essa região vigiada e seguir contornando a fronteira pelo Reino Gelado, controlado por Lothan. Na ponte, tiveram uma amostra do que os esperava do outro lado.

— É hora de sairmos da estrada — disse Lum para Héstia, enquanto puxava as rédeas do animal. Héstia, por sua vez, utilizava um fio de seus poderes para se secar.

Não demoraram a sentir a brisa úmida e fria vinda do sul. À frente, a paisagem branca e infinita contrastava com o céu azul cintilante. Poucos seres vivos eram capazes de sobreviver àquele deserto de gelo. No trajeto, talvez pudessem encontrar um porso ou um nute, grandes animais de pele espessa que se alimentavam de espécies aquáticas que nadavam no subsolo.

— Por que está tremendo, Lum? — perguntou Héstia, sorrindo com ar de deboche.

— Muito engraçado, Héstia. Você nunca sente frio, não é mesmo?

— Você é luz. Não deveria sentir frio também.

— Eu não deveria sentir muitas coisas, mas sinto. Não escolhemos.

— Por que estamos parando?

— Preciso de um agasalho.

Lum prendeu as rédeas no apoio da carroça e desceu, dirigindo-se para trás, onde havia colocado a bagagem. Enquanto procurava o casaco, ouviu um gemido. Afastou-se rápido, sacando uma adaga que trazia na cintura.

— O que foi, Lum?

Lum respondeu com o indicador nos lábios, aproximando-se cuidadosamente com a lâmina no ar. Puxou a ponta de um trêmulo lençol atrás da bagagem. Paralisou ao ver a criança chacoalhando de frio. Seus trapos não eram apropriados para o ambiente hostil.

— Héstia, me ajude aqui! — gritou, finalmente.

Héstia, que observava tudo, saltou para trás e envolveu a criança em seus braços. Em poucos segundos, a menina voltou a corar. Com o sangue novamente circulando, abriu os olhos, sorriu e devolveu alegremente o abraço.

— O que pensa que está fazendo, menina? Por que nos seguiu?

— Calma, Lum. Não é hora para isso. — Com a menina ainda nos braços, Héstia perguntou: — Como se chama?

— Inanna, mas todos me chamam de Ina.

— Ina. O que faz aqui? Onde estão os seus pais?

— Minha casa em Âmbar foi destruída, meus pais e irmãos foram levados como escravos, foi muita sorte eu ter conseguido fugir para a ilha.

Vim na esperança de ajudar e talvez reencontrar minha família.

— Você é muito corajosa. Mas foi muito irresponsável. Não sabemos o que teremos pela frente.

— Entendo, mas não tenho muito mais a perder.

— Como pode dizer isso? Você é só uma criança...

— Me deixe ficar com vocês... — disse, com olhos marejados.

Héstia olhou para Lum, que fingia não ouvir a conversa enquanto vestia um sobretudo surrado. Ao notar que estava sendo observado, ele devolveu o olhar, acenando positivamente com a cabeça, e arrematou:

— Encontre algo quente aí para vestir. Fique perto e obedeça.

A viagem continuou em silêncio absoluto dali em diante. Nem Héstia se dispunha a provocar o amigo a essa altura. Lum, por outro lado, estava concentrado, tentando não se desviar do caminho e sair daquele lugar antes do sol se pôr. À noite seria muito mais difícil guiar-se e suportar o intenso frio. O animal que puxava a carroça, apesar de robusto e acostumado a intempéries, também sofria. Longe de seu habitat, poderia sucumbir a qualquer momento.

Afundado nesses pensamentos, Lum sentiu os primeiros flocos de neve em seu rosto pálido.

Lum e Héstia se entreolharam preocupados. Héstia abraçou a menina, colocando-a no meio deles.

Logo, as primeiras gotas de neve se transformaram em uma intensa nevasca, tornando o chão e o céu uma única coisa.

O ritmo do animal à frente deles diminuiu, por mais que se esforçasse. O vento contrário parecia uma barreira sólida, intransponível.

De repente, ouviram uma voz estridente sobressair-se ao som da ventania e das pancadas de gelo.

— VOCÊS NÃO DESISTEM?! — esbravejou a voz.

A nevasca cessou. Atrás dela, uma figura quase invisível, por sua natureza branca. Nariz pontiagudo, olhos cortantes, lábios retos. Nos cabelos, cristais formavam um penteado exótico.

— Lothan, deixe-nos passar.

— Por que eu deixaria? — perguntou se aproximando.

— Não temos nada contra você. Só queremos passar.

— E onde estão indo? — disse contornando o veículo, curioso.

— Não é importante.

— Se não é importante, por que se arriscar?

— Estamos indo visitar um amigo.

— Seria seu amigo o pai dessa garotinha? — esticando o indicador em direção à menina.

— Não encoste nela! — ordenou Héstia, colocando-se à frente.

— Calma! Seja como for, daqui até a Floresta Imortal, não encontrarão nada digno de visita. Espera! — disse, com um tom sarcástico. — Acham que será fácil o caminho? HAHAHA! Por que não me contam? Quem vão encontrar? Vamos, digam.... Quem sabe eu possa ajudar... — provocou, girando uma bola de gelo entre os dedos.

— Por que confiaríamos em você? Afinal, como já disse, não é nada importante.

— Lum, você é um péssimo mentiroso.

— Deixe-nos passar! — disse Héstia, com voz firme.

— Oh, que medo! Sabe que não pode comigo — disse fitando Héstia com seriedade dessa vez.

Lum remediou a tensão:

— Parem com essa maçada. A menina perdeu os pais. Estamos levando-a para a família que resta em uma aldeia nos arredores da Floresta Imortal. Está contente agora?

— É verdade, menina? — Lothan esperava enxergar a verdade fuzilando a menina com o olhar. Ela somente balançou a cabeça para baixo.

— Muito bem. Por que não disse logo?

Com um assobio, ele levantou da paisagem branca um porso gigante que, em duas patas, chegava a três metros de altura.

— Flofo vai escoltá-los até o limite do reino. Sabe que precisarei relatar o ocorrido aqui para nossa rainha, não sabe, Lum?

— Sei. Só não sei por que, com tanto poder, se submete àquela megera.

O porso rugiu forte.

— Estou sendo tão benevolente. Não tem razão para isso, Lum. Tudo o que ela deseja é a paz e a harmonia entre as nações deste mundo.

— Está certo. Eu agradeço a hospitalidade e a generosidade, Lothan.

— Não tem de quê! — fez sinal de reverência.

Despediram-se e afastaram-se sob o olhar atento de Lothan, que deixou escapar um pensamento em voz alta:

— Péssimo mentiroso...

O robusto animal de garras e dentes afiados que não cabiam em sua bocarra inspirava desconfiança. Durante o trajeto, ao deparar-se com outro de sua espécie, não deixou dúvidas do que era capaz de fazer com seus adversários. Em comparação, foi possível notar a distinção de Flofo: o outro animal era muito inferior em tamanho e selvageria.

Fiel ao seu mestre, caminhava à frente em quatro patas sem esboçar cansaço, aliviando aqueles por ele guiados, que se sentiam seguros ao tê-lo como guardião.

O puxador da carroça, por sua vez, já dava sinais de que não suportaria completar a jornada sem um descanso merecido. Não seria, no entanto, prudente repousar ainda. Precisavam encontrar parada segura.

Foi o que encontraram quando perceberam que o solo branco sob seus pés agora havia adquirido uma cor azul-escura. Flofo, a esta altura, já havia os deixado, correndo de volta para seu dono. A paisagem ao redor também mudara. Do alto de um mirante, puderam vislumbrar um cânion com montanhas rochosas de aparência metálica, em várias tonalidades que iam do chumbo ao bordô, e vales imensos. Em um deles, água corrente descia da encosta, formando uma cascata deslumbrante, cercada por arbustos selvagens multicoloridos.

Desceram sem pressa para não desgastar ainda mais as energias do animal que os levava. Saltaram, e Lum o desprendeu da carroça, levando suas rédeas até um arbusto próximo ao riacho, onde o amarrou com firmeza.

Todos aproveitaram para se lavar um pouco e matar a sede, pois a temperatura elevada naquele território havia descongelado a água do riacho, enquanto a do cantil ainda estava congelada. Tiveram que esperar a comida descongelar para que pudessem matar a fome após o dia inteiro de viagem. Com a noite se aproximando, decidiram acampar. O horizonte laranja deu lugar aos tons prateados da lua. Foi nesse momento que Ina perguntou.

— Que lugar é este?

— Este é o território conhecido pelas minas de prótons. É uma região pouco habitada, mas naquela direção — disse Lum apontando para o oeste —, fica uma grande mina controlada pela rainha, que utiliza escravos para a extração de minérios radioativos.

— E para que ela precisa desses minérios?

— Não sabemos ao certo, o que se sabe é que ela está acumulando uma quantidade capaz de destruir este e qualquer outro mundo.

CAPÍTULO VI
BRASÍLIA

Cometa fez apenas uma parada para comprarem alimentos. Felizmente, Joana, agora com o celular recuperado, podia pagar a conta com seu banco digital, uma das facilidades da vida moderna. Se o aparelho ainda estivesse nas mãos dos delinquentes, ela teria grandes problemas para resolver — talvez tão grandes quanto o que estava enfrentando no momento. Comprou lanches para ela e para Lucas, mas decidiram comer somente ao chegarem ao destino. Com o estômago embrulhado da viagem, preferiu guardar a refeição para depois.

O sol já começava a se pôr no horizonte do Planalto Central quando Cometa finalmente chegou à capital, trazendo Joana em seus braços após quase uma hora, cortando rodovias por São Paulo, Minas Gerais e Goiás.

Cometa não sentia fome, sede ou cansaço, e afirmou que sua energia manteria Lucas também. Joana não entendeu como isso seria possível, mas concordou. Sentaram-se no gramado em frente à praça dos Três Poderes. Enquanto Joana beliscava uma esfiha de carne, Cometa admirava-se da beleza e imponência do lugar. Nunca havia visto algo tão bonito que não tivesse sido criado por Solum. Também se surpreendeu ao notar que o lugar estava ainda mais deserto do que a base militar em São Paulo.

Talvez Joana tivesse esquecido que Lucas compartilhava sua consciência com Cometa, ou só quisesse se exibir. De qualquer forma, resolveu explicar que aquele lugar representava o centro do poder do país, um símbolo de progresso e modernidade quando foi construído, há várias décadas.

— Ali, onde tem dois edifícios iguais com uma cúpula de cada lado, é o Congresso Nacional, onde são criadas as leis do país, por representantes eleitos pelo povo — disse, apontando para o Congresso. — À direita fica o Palácio do Planalto, onde o presidente lidera o país para atender as necessidades da população. É o cargo mais importante.

— Presidente, então, seria o rei de vocês?

— Mais ou menos. Ao longo do tempo, alguns, enquanto ocupavam o cargo de presidente, tentaram agir como se fossem reis. Não do jeito bom. Mas o presidente é eleito, então é diferente. Felizmente não se sustentaram no poder por muito tempo — respondeu, com um pouco mais de firmeza. Apontou para o outro prédio. — Aquele ali é o Supremo Tribunal Federal, onde um grupo de especialistas em leis, chamados de juízes, toma decisões sobre casos que não foram resolvidos antes por outros juízes que atuam espalhados nas várias regiões do país. Eles decidem quando os primeiros juízes não conseguem resolver.

— Entendi, como nossos anciãos. Ainda parece confuso. Por que não levam os casos direto ao Supremo Tribunal Federal?

— Seria um trabalho imenso para resolver todos os problemas do país de uma vez só. Por isso, a maioria das questões é resolvida pelos juízes regionais, e só os casos mais complexos chegam ao Supremo.

— Mas, se a decisão deles é questionável, pra que eles servem?

— Difícil explicar. O fato é que a maioria acaba concordando com a decisão deles, porque para chegar aqui é preciso gastar muito tempo e dinheiro. Duas coisas que as pessoas comuns não têm.

— Fascinante. Do jeito que fala, parece que a justiça em seu mundo tem mais a ver com resignação do que com a verdade.

— Não é tanto assim, mas, de fato, uma minoria com muitos recursos consegue defender melhor os próprios interesses.

Arrependida de ter entrado naquele tema, Joana logo tratou de mudar de assunto. Talvez a Justiça no país fosse complicada demais para tentar explicar a alguém de outra dimensão.

— Me conta como é no seu mundo.

— Meu mundo é governado por uma rainha muito poderosa, uma bruxa perversa que escravizou o nosso povo e tenta exterminar seus opositores. Meus amigos e eu buscamos tirá-la do trono e reaver nossa liberdade. Antes dela, vivíamos em harmonia com a natureza. Nosso deus Solum provê tudo de que precisamos através dos dez reinos. A rainha é uma estrangeira que usurpou o trono com um casamento de fachada. Depois disso, sofremos com a escassez de recursos. Solum parece ter abandonado nosso mundo.

— Que triste... Espero que consiga voltar e ajudar seus amigos.

— É o que mais quero...

— Me diga. Como era mesmo o lugar que você viu naquele monitor?

— Era subterrâneo, com água e vegetação em volta. Nada parecido com este lugar de pedra.

— Há uma reserva florestal, um parque, aqui perto. Podemos investigar.

Enquanto a conversa se estendia entre os dois, o coronel, o capitão e Marina chegavam ao laboratório. O abastecimento e manutenção do helicóptero em Taubaté iria demorar, então o coronel optou por um jato que estava pronto, ganhando assim uma pequena vantagem. A estratégia funcionou, pois conseguiram chegar a tempo para o coronel apresentar o laboratório a Marina.

    O local nem parecia estar encravado no meio de uma reserva florestal, tamanha a modernidade. Com equipamentos de alta tecnologia, o laboratório era guardado por um pequeno exército particular de mercenários fortemente armados. Durante a visita pelo local, o coronel explicava:

— É a primeira vez que trago um civil para uma visita. Normalmente, não sou tão cordial. Os outros civis que passaram por aqui não vieram exatamente a passeio. — Como Marina permanecia calada, ele continuou. — Sabe, senhora Marina, seu neto é muito corajoso. Ele tem algo que eu quero e, em vez de entregar pacificamente, está preferindo arrumar encrenca. Mas acho que ele não sabe onde está se metendo. Por isso, vou ser bem transparente com a senhora. Espero que me ajude com a cooperação dele. — Ele começou a contar enquanto caminhavam pelos corredores mal iluminados da caverna. — Meu filho era um drogado, um bêbado. A vergonha da minha vida. Tentei ajudá-lo de todas as maneiras, mas ele nunca quis saber de ajuda. Até que se envolveu em um acidente de trânsito. Matou um casal e feriu uma criança.

    Marina empalideceu, mas manteve-se em silêncio, tentando disfarçar o incômodo.

— De alguma forma, ele conseguiu fugir do local do acidente. Nos dias que se seguiram, usei todos os recursos para que o nome dele e o meu não fossem envolvidos. Trouxe-o para cá. Temos aqui o que há de mais moderno em engenharia genética. Os maiores geneticistas do mundo trabalham para mim, realizando experiências que a ética os impede de realizar publicamente — dizia tranquilamente, enquanto percorriam um longo corredor ladeado por salas com paredes de vidro. — Descobrimos aqui meios de regeneração celular, a cura do câncer, do Alzheimer e de outros distúrbios cerebrais. Curamos diversas doenças, inclusive a dependência química. Mas, infelizmente, meu filho foi uma cobaia e, como tantas outras, morreu no processo. Agora estamos em um estágio mais avançado, combinando DNA de animais com o DNA humano.

Ele discorria sobre suas conquistas até chegarem a uma porta com sistema biométrico. Após o reconhecimento facial, a porta se abriu, revelando uma ampla sala com várias baias de vidro que iam até o teto. Dentro delas, pessoas desacordadas e despidas, cobertas apenas por lençóis, deitadas em macas e ligadas a aparelhos, como em uma UTI hospitalar. Os olhos de Marina se fixaram em uma das baias, e seu coração disparou, ela quase desmaiou. O coronel percebeu o mal-estar e pediu a alguém de jaleco branco que trouxesse um copo d'água. Com mãos trêmulas, Marina bebeu a água em um só gole e se apoiou em umas das muitas mesas para não cair. O coronel aguardou que ela se recompusesse antes de continuar sua palestra, saindo dali calmamente.

— Depois da primeira triagem em São Paulo, trazemos todos para cá.

Antes de prosseguir, Marina olhou novamente, certificando-se de que não havia se enganado. Não. Era realmente Mateus na maca.

— Realizamos exames mais completos antes de experimentar a mutação genética com animais — disse, enquanto percorria a sala até o guarda-corpo de um mezanino ao fundo. De lá, era possível observar uma parte maior da caverna, do tamanho de um campo de futebol, e mais profunda, como um prédio de cinco andares.

— Qual a razão disso tudo? — balbuciou Marina, pela primeira vez, com os olhos transbordando em lágrimas.

— Não percebe? Eu detenho a cura de muitos males que a ciência tradicional não consegue tratar sem quebrar algumas regras — respondeu, apertando o controle remoto em suas mãos. As paredes no piso inferior começaram a subir, revelando incontáveis gaiolas de vidro. — Além disso, a mutação genética vai me dar um exército de superseres, com as melhores habilidades de cada animal na Terra.

Marina se apoiou no guarda-corpo para não desabar, olhando aquela imensidão de gente transformada em monstros.

— Vou extirpar a corja que manda em nosso país. Depois, levarei meu exército a outras fronteiras. Mas, antes, quero o poder daquela pedra que está com o seu neto. Ela o transformou em algo extraordinário. De posse dela, poderei colocar meu plano em prática muito antes do que eu esperava — disse o coronel, sorrindo satisfeito.

De repente, as sirenes começaram a tocar, e os meio humanos nas celas começaram a se agitar. O coronel baixou as paredes novamente, sacou uma arma e puxou Marina pelo braço, seguindo em direção à saída.

Cometa precisou de algum tempo para encontrar o local exato que poderia ser a entrada do laboratório. Cobriu toda a área do parque até se deparar com a imagem que recordava dos monitores. Joana ficou descansando em uma região mais movimentada, onde turistas de várias partes aproveitavam o domingo ensolarado. No entanto, conforme a noite se aproximava, o fluxo de casais, crianças e animais de estimação começava a diminuir, restando somente alguns aventureiros com equipamentos de escalada ainda transitando. Felizmente, a lua cheia começava a refletir a luz do sol, garantindo luminosidade no céu, livre de poluição. Uma brisa leve de inverno tomava o parque, chacoalhando as folhas das árvores. À medida que o parque se esvaziava, o som dos veículos ia dando lugar ao som de grilos, sapos, corujas e pássaros que Joana não conseguia distinguir. Mais uma vez, precisou esperar pela chegada de Cometa com notícias, e a demora começava a afligi-la. Pensou que aquele lugar pudesse ser habitado por cobras ou outros predadores, capazes de se esgueirar no silêncio da escuridão que se instalava com a partida do sol. Se Cometa não chegasse logo, ela poderia estar em maus lençóis.

Felizmente, aqueles pensamentos se dissiparam quando Joana avistou Cometa na saída de uma das muitas trilhas, caminhando calmamente em sua direção.

— Encontrei o local. Fica em uma clareira fora da rota das trilhas. Não é nada fácil de chegar. Posso te levar até lá, mas acho melhor eu entrar sozinho. Pode ser muito perigoso.

Joana suspirou aliviada com a chance de sair de onde estava, embora soubesse que o plano a deixava novamente esperando pelo retorno de Cometa. Era desagradável, mas concordou.

No topo da clareira, entre as árvores, avistaram uma grande rocha aberta, cortada por um curso d'água que brilhava prateado ao refletir a lua. Isso permitiu que vissem uma pequena trilha que margeava o rio até a entrada da caverna.

— Vou por ali. Me espera.

— Já sei — retrucou Joana, contrariada.

Assim que Cometa partiu, não demorou muito para Joana sentir a ponta de um fuzil tocando seu ombro. Ela congelou imediatamente. Sem reagir, atendeu ao comando do guarda e se levantou seguindo à frente, sob sua vigilância. A trilha que a levaria para dentro da rocha parecia ainda mais ameaçadora agora, mirada pelo fuzil.

Sem saber da captura de sua amiga, Cometa passou pelos guardas sem ser notado. No entanto, ele também não notou o que as paredes de pedra ocultavam, nem a grande janela de vidro no alto, onde, em instantes, Marina estaria ouvindo o discurso do coronel.

— Olha o que encontrei lá fora, bisbilhotando! — vangloriou-se o guarda, relaxando o fuzil ao falar com o colega.

Foi a deixa para Joana agir. Rapidamente, ela se virou e, com um giro certeiro, acertou o guarda, derrubando-o com um golpe de bengala no rosto. O colega dele, pego de surpresa, mal teve tempo de reagir; Joana girou novamente e, dessa vez com o cabo da bengala, acertou-o entre os olhos. Sem hesitar, pulou na água escura e profunda que se estendia ali.

Um dos guardas, do outro lado da margem, viu os companheiros serem abatidos, mas hesitou em atirar, temendo acertá-los. Em vez disso, soou o alarme antes de disparar várias vezes na direção da água, na tentativa de acertar Joana.

Ela nadava sem rumo, apenas focada em fugir daquele lugar, enquanto percebia os clarões dos disparos iluminando a escuridão atrás de si. Exausta, encontrou uma margem isolada da caverna, onde saiu da água tremendo, assustada e sem acreditar no que acabara de fazer. Não tinha ideia de onde estava. Notou um fio de sangue escorrendo pela perna; um ferimento de raspão. Rasgou um pedaço da blusa molhada e improvisou um curativo, amarrando-o sobre a ferida para tentar estancar o sangue. Levantou-se, ofegante, e olhou ao redor: um corredor estreito se estendia à sua frente, iluminado apenas pelas lâmpadas vermelhas de emergência piscando, enquanto o som das sirenes ecoava à distância.

CAPÍTULO VII
UMA PAUSA

Uma enorme fogueira iluminava o céu escuro da noite. As chamas pareciam tocar a lua em uma dança inebriante. Um som vibrante de tambores ressoava, acompanhados por outros instrumentos rústicos feitos de madeira e pele animal, compondo o ritmo dissonante e embriagado dos músicos amadores. Há anos não se via tanta festa na vila. Em volta, árvores gigantes abrigavam aquelas pessoas de pele marrom.

A calorosa recepção, regada a um tipo de bebida rosa produzida na região e com doze tipos de carne à mesa, enchia os olhos de Ina, que não comia direito havia pelo menos dois dias.

Naquela mesma manhã, haviam abandonado a carroça no terreno acidentado e pedregoso das minas de prótons. Quando possível, Ina seguia sacolejando no lombo áspero e malcheiroso do animal. Estava exausta e faminta, mas teve que esperar as cordialidades iniciais antes de se lavar e se sentar para o jantar. Diante do belíssimo banquete, arriscou beliscar um pouco de tudo. A maioria dos pratos era desconhecida, e ela mal prestava atenção no que os adultos conversavam.

— Estamos muito satisfeitos por recebê-los em nossas terras — berrou um barbudo grande e robusto, com um colete preto que não cobria sua enorme barriga peluda, enquanto segurava o pernil de algum animal em uma das mãos e uma caneca de madeira na outra.

— Nosso amigo Bórgon! Agradecemos a hospitalidade e a pousada para esta noite. Ainda temos dois dias até nosso destino, como sabe, então esse descanso será muito importante.

— Não se apresse, homem. Aproveite! — disse Bórgon, levantando seu copo e jogando saliva sobre Lum.

Lum ergueu seu copo em resposta, sorrindo desconcertado, enquanto Héstia, que assistia à cena na outra ponta da mesa, tentava segurar a gargalhada.

— Veja, Lum — disse Bórgon —, aqui temos tudo do que precisa para chegar ao seu destino. Distraia-se um pouco, descanse, e amanhã resolvemos tudo. Seu animalzinho, coitado, não está em condições de seguir. Deixe-o comigo, eu cuidarei muito bem dele, como se fosse meu. Eu garanto!

— Pare de olhar para o bichinho assim. Ele não serve para alimento!

Bórgon, que estava com a caneca na boca, cuspiu um jato de bebida sobre o rosto de um conterrâneo à sua frente, soltando uma volumosa gargalhada.

— Fique tranquila, Héstia — emendou ele. — A carne dele é muito dura. HAHAHA!

Depois de mais alguns goles noite adentro, Lum se animou a dançar, com a insistência de Héstia. Aos poucos, os moradores foram se retirando e entrando em suas casas, esculpidas nos enormes troncos das árvores ao redor do salão de festas improvisado. A exceção era Bórgon, que roncava a plenos pulmões, jogado em um banco, com as costas sobre o assento estreito e os enormes pés descalços no chão batido do pátio.

As sobras da noite anterior serviram de desjejum naquela manhã quente, o terceiro dia de viagem. Enquanto se alimentavam sob o sol escaldante, Bórgon perguntou:

— Como pretende resgatar Varik?

— Com a pedra de morum que me deu. Com a ajuda de Etérium, vou rastrear a pedra onde quer que ela esteja. Se Solum permitir, Varik ainda está com ela.

— Muito esperto. Etérium, que é todo certinho, vai ajudar, sim.

— É o que eu espero.

— Isso se conseguirmos chegar até ele. Sem o nosso transporte, será mais difícil — disse Héstia, preocupada.

— Não se preocupe, mulher de pouca fé. Já disse que darei um jeito. Comam! Comam!

Assim que terminaram, os habitantes recolheram tudo, deixando o pátio impecavelmente limpo.

— Agora, sim! — disse o barbudo, acariciando a enorme pança. Em seguida, levou dois dedos imundos à boca produzindo um assobio.

Duas enormes fênices surgiram, bailando entre a copa das árvores, e pousaram lado a lado, próximo de Bórgon.

— Estes são Pif e Paf. Eles são irmãos gêmeos, nascidos do mesmo ovo. Eles vão levá-los para onde quiserem ir.

Ina não conseguia conter a emoção ao ver animais tão exuberantes, com plumagem amarela e vermelha.

— Eles são lindos — disse, acariciando um, depois o outro, enquanto eles correspondiam, roçando a cabeça em suas costas.

— Ótimo! —exclamou Lum.

— Acho que vamos ganhar tempo na viagem agora — disse Héstia, satisfeita.

— Fiquem com eles o tempo que precisarem. Eles sabem o caminho de casa.

— Muito obrigado, meu amigo. Só temos a agradecer.

— Agradeça a Solum, que nos presenteou com essa maravilha.

— Tem razão!

Lum montou em Pif, enquanto Héstia subiu em Paf, com Ina em sua garupa. Despediram-se e levantaram voo a nordeste, rumo a Etérium.

A viagem, que levaria mais dois dias, agora seria concluída em algumas horas, graças à velocidade firme e graciosa das míticas aves.

Depois de deixarem a imensa floresta, avistaram do alto, à esquerda, o Reino do Fogo, local de muita atividade vulcânica. Héstia fez questão de mostrar para Ina a direção de sua casa. Neste momento, sobrevoavam o temível deserto de areia. Do lado oposto, à direita, avistaram as cachoeiras invertidas na Cordilheira Suspensa da Gravidade, uma paisagem monumental.

Héstia sorriu ao se virar e flagrar Ina com lágrimas nos olhos. Ina, por sua vez, retribuiu o olhar sorridente e a abraçou ainda mais forte na cintura.

Nem mesmo Lum pôde conter o sorriso ao admirar a criação de Solum.

Finalmente, cruzaram o rio Olin, que corta o continente, separando Etérium dos outros reinos. A travessia ali seria difícil, pois não há pontes, e as águas... Bem, as águas são traiçoeiras.

Mais adiante, avistaram uma torre totalmente branca, de cujo topo saía uma luz cinza e brilhante, rasgando o céu até o infinito. Na verdade, não era exatamente uma luz: parecia mais uma estrutura tubular, como uma torneira aberta, onde facho após facho cinzento subia e descia.

Ao se aproximarem, notaram que a torre ficava em um grande vale, e sua base, em formato de pirâmide, ocupava toda a extensão daquele local.

Pousaram à beira do vale, próximo a uma das pontes que conduzia a uma marquise, a uma certa altura da construção. Saltaram e seguiram a pé a partir dali.

CAPÍTULO VIII
LABORATÓRIO

Cometa circulou por aqueles corredores escuros com certa dificuldade, tentando não chamar a atenção dos guardas armados e de prontidão depois que as sirenes dispararam. A luz intermitente que vinha das paredes úmidas tornava o labirinto ainda mais sinistro, até que notou uma fresta iluminada saindo debaixo de uma porta. Ao abri-la com cuidado, viu um grande corredor que levava à antessala de uma sala maior.

No impulso característico, correu em direção a ela. Chocou-se violentamente contra algo que não viu, tombando atordoado com o impacto. A porta atrás dele se fechou imediatamente. Levantou-se rapidamente e tentou abri-la, sem sucesso. Estava trancada. Voltou-se para a grande sala, esticou o braço e notou uma parede de vidro. Bateu forte com o punho cerrado, mas nada aconteceu. Estava preso em uma armadilha. Apoiado na parede invisível com as mãos, olhou melhor o que havia naquela sala.

Nela, uma grande mesa de madeira ao centro, com muitas cadeiras ao redor. Na parede, uma tela desligada. Uma estante com livros em uma das paredes e peças de decoração na outra, onde havia também um balcão com algumas garrafas e copos, sob um quadro com duas figuras masculinas flutuantes, esticando as pontas dos dedos uma para a outra, sem se tocarem.

De repente, a estante se abriu e dela surgiu o coronel, trazendo Marina pelo braço, com arma em punho e um sorriso satisfeito no rosto.

— Ora, finalmente. Deixe eu me apresentar. Sou o coronel Augusto dos Santos. Estou muito impressionado com suas habilidades, garoto. Você encontrou algo na noite passada que lhe conferiu poderes extraordinários. Me conte. Como foi isso?

— Solte-a e eu conto.

— Você acha que sou idiota!? — gritou o coronel, apertando ainda mais o braço de Marina. — Vamos, ande logo com isso. Tivemos um longo dia, garoto. Ou prefere ver sua vovozinha morta?

— Acalme-se. Antes de mais nada, não sou o garoto que você pensa. Meu nome é Varik. Venho de outro mundo, e não sei como cheguei aqui.

— Eu vi você assumir o corpo do garoto. O que aconteceu com ele?

— Ele está bem. Nós, de fato, compartilhamos o mesmo corpo. Ao tocar o solo, minha energia vital foi convertida na pedra de morum, um poderoso minério. Quando Lucas me encontrou, ele viu a forma de pedra, mas, ao tocá-la, essa energia vital foi transferida para o corpo dele.

— Então é isso! Quero que deixe o corpo do menino agora e volte a ser a tal pedra de morum.

Cometa hesitou por um instante. Mas o coronel, impaciente, colocou a arma na cabeça de Marina e gritou, encolerizado:

— Agora!

Cometa obedeceu. Apoiou uma das mãos no vidro e foi cedendo lugar a Lucas lentamente, para que ele não se desequilibrasse. Na mão direita espalmada, a pedra iluminada apagou.

O coronel, com a mão que segurava a arma, apertou um botão no centro da mesa, abrindo um pequeno espaço na parede de vidro.

— Jogue-a para mim.

Lucas se agachou e arremessou a pedra em direção ao coronel. Imediatamente, ele empurrou Marina, que caiu de joelhos. O coronel então avançou um passo para pegar a tão desejada pedra, mas teve uma surpresa desagradável. A pedra não surtiu nenhum efeito sobre ele. Era uma pedra comum. Furioso e frustrado, não notou uma menina se esgueirando com dificuldade, do outro lado da mesa, atrás dele.

— Cadê o poder? — gritou. — Seu moleque! Eu vou matar a sua avó agora se não liberar o poder da pedra.

— Eu não sei o que está acontecendo. Deixe minha avó ir, eu fico aqui pra te ajudar. Só deixe ela ir, por favor — implorou Lucas, sentado sobre a perna boa.

— Se eu não posso ter o poder daquele estranho, de nada me adianta esta pedra! — arremessou-a com toda fúria ao chão, tentando quebrá-la — Perdendo o foco em Marina e Lucas.

Foi a deixa para Joana apertar o botão na mesa e abrir de vez a porta de vidro.

Lucas se jogou para pegar a pedra antes que o coronel pudesse reagir e, com um potente soco, o atingiu em cheio no rosto, nocauteando-o.

— Vamos sair daqui — disse Cometa, ajudando Marina.

— Não, espere. O Mateus. Ele está aqui — declarou Marina.

— Imaginei. Como pode ser isso? — retrucou Cometa, virando-se para Joana, que se apoiava com dificuldade atrás da mesa. — Joana, você está bem? Como chegou aqui?

— Tomei um tiro de raspão aqui na perna, mas estou bem. Longa história. Precisamos encontrar o Mateus e sair daqui antes que o coronel acorde.

— Tem razão. Eu levo vocês até ele — disse Marina.

Saíram pela porta, não mais secreta, aberta no meio da estante.

Com as sirenes ainda disparadas e as luzes piscando, chegaram ao laboratório apresentado pelo coronel, onde Mateus era mantido em estado catatônico, entre as várias cobaias. O lugar se encontrava vazio, os pesquisadores evacuaram o local rapidamente, desligando todos os aparelhos.

— O que faremos com ele? — perguntou Marina.
— Eu o levo. Vocês conseguem andar?
— Sim — confirmou Joana.
— E os outros? — quis saber Marina.
— Depois a gente vê isso.

Passados alguns minutos, o coronel acordou atordoado, sem entender onde estava. Quando recobrou a consciência, gritou pelo capitão, que estava guardando a porta, mas não ouviu a confusão anterior.

— Coronel? Cadê o estranho?
— Ele fugiu, seu idiota!

Apertou alguns botões na mesa. A sirene e as luzes intermitentes cessaram. Perto dali, as celas que abrigavam as cobaias transformadas em monstros foram abertas.

— Ouçam! As sirenes pararam — observou Joana.
— O coronel deve ter despertado.

De repente, Marina lembrou de algo. Dirigiu-se aos fundos do laboratório, esticou o pescoço, na ponta dos pés, e viu as celas abertas.

— Gente, temos mais um problema.

Joana e Cometa se aproximaram de Marina e viram uma grande quantidade de pessoas deformadas, com aparência de diversos animais. Um grupo enfurecido brigava entre si. Outro grupo gritava, tentando acalmar os mais exaltados. Um outro grupo olhou para cima e os viu olhando para baixo.

— Saiam... Daqui... Agora... — sussurrou Cometa.

Marina e Joana começaram a correr, enquanto os monstros avançavam escalando as paredes, saltando grandes alturas e até voando, com asas. Cometa lutou com eles para defender os acamados e retardar a captura das companheiras de aventura. Até que um dos agressores, um homem com aparência de abelha, asas de tamanho proporcional às do inseto, com voz arrastada, porém decidida, disse:

— Chegazzz. Olhem em voltazzz. Estes são nossos amigoszzz.

Por um instante, paralisaram e perceberam onde estavam.

— E aquelas mulheres? — disse outro, com rosto de lagarto.

— Vieram resgatar ele — esclareceu Cometa, apontando para Mateus, enquanto segurava um símio pelo pescoço. — O homem que estão procurando está naquela direção, subindo as escadas. Deve estar fugindo agora.

— Obrigado pela informaçãozzz. Pode soltar elezzz.

— Oh, sim. Desculpe.

— Pessoal, vasculhem tudozzz. Vamos encontrar os responsáveis por nossa mutação e tentar reverterzzz. E vocêzzz? No que o transformaram?

— Em nada, eu sou assim mesmo.

— Eu sinto muitozzz.

— Preciso levar este aqui. A família o procura há anos.

— Imaginozzz. A maioria de nós também tem famíliazzz. Histórias complicadaszzz... pode irzzz. Fique transquilozzz. Cuido dos demaiszzz. Vamos dar um jeitozzz.

— O que vão fazer agora?

— Eu não sei aindazzz. Alguns, provavelmente, vão preferir ficar juntos, mas cada um acaba escolhendo seu próprio caminhozzz. Vamos verzzz. Espero que nos encontremos outra vez em melhor condição, meu novo amigozzz.

Cometa concordou. De algum modo, sentiu sinceridade nos olhos do inseto.

— Que Solum os proteja!

— Vai com Deuszzz!

Quando Cometa chegou à saída da caverna, viu Marina sendo atendida em uma maca, no chão, por uma socorrista fardada. Joana, na maca ao lado, era atendida por outra mulher, com Estela na cabeceira da filha, segurando sua mão, em prantos.

Em volta, uma centena de militares, iluminados por fortes refletores que transformavam a noite em dia. Dentre os militares, o capitão e outros, deitados de bruços com as mãos algemadas nas costas, incluindo pessoas de jaleco branco, mas o coronel não era avistado.

— É ele, general.

— Podem baixar as armas — ordenou o general.

Um socorrista se apressou em tirar Mateus dos braços de Cometa e mandou chamar o helicóptero.

— Então você é o tal Cometa, de quem tenho ouvido falar desde cedo.

— Acho que sim.

— Não conseguimos encontrar o coronel. Tem ideia de onde ele está?

— Não tenho ideia, senhor.

— Muito bem. O governo brasileiro agradece o seu serviço. Seja lá de onde veio, espero que reencontre o seu lar. Seremos eternamente gratos por desbaratar essa organização criminosa, que ameaçava nossa soberania.

— Podem agradecer ajudando aquelas pessoas que foram vitimadas pela negligência de seu país.

— Vou ignorar sua petulância. Certamente deve ser o estresse do trauma. Contudo, sim. Daremos toda a assistência de que precisam.

CAPÍTULO IX
DESCANSO?

O dia começava. Os funcionários chegavam para mais uma tranquila jornada de trabalho. Não imaginavam o que havia ocorrido com a família de sua patroa, a não ser pelos boatos que correram rápido. Uma visita inesperada do Exército teria mudado a rotina da fazenda, mas algo ainda estava por vir.

Um helicóptero de carga do Exército apareceu no horizonte ainda vermelho. Pousou próximo à casa-grande. Dele desembarcaram Marina, Estela, Joana, com uma faixa na perna, e Lucas, apoiado em um galho de árvore improvisado. Sem falarem com ninguém, com rosto de quem não dormiu, seguiram direto para dentro, onde se trancaram.

Marina avisou ao assistente de Estela, pelo interfone, que ambas teriam o dia de folga, e ordenou que nada deveria incomodá-las. Depois, afundou-se no enorme sofá branco da sala de estar, com decoração em estilo colonial. Levando as duas mãos sobre a cabeça, escondendo os olhos, disse:

— Eu não acredito que vocês encontraram o Mateus!

— Apesar de totalmente irresponsáveis, tenho que admitir, vocês dois foram muito corajosos — completou Estela.

— Se não fosse por vocês, estaria à mercê daquele psicopata, o coronel — reconheceu Marina. — Aliás, o que será que aconteceu com ele?

— Espero que o tenham pego... — disse Lucas, sem expressar totalmente seu pensamento. — Espero também que o Mateus se recupere logo — finalizou com sinceridade.

— Ainda vai demorar um pouco a recuperação dele. Felizmente ele acordou e parece bem, não houve tempo para sofrer nenhum dano físico. De qualquer forma, agora ele está sob cuidados médicos. Vamos rezar por ele — disse Estela.

— Ai, eu estou morta de cansaço — reclamou Joana.

— Eu sei, filha. Nós também.

— Verdade... Mas antes... Lucas, eu queria falar com o Varik. Pode ser?

— Claro, vovó.

Mais uma vez, Lucas pegou a pedra, e Cometa apareceu em pé diante delas. Antes que Marina iniciasse a conversa, um anel de luz branca surgiu no meio da ampla sala. Dele saiu Lum, agitado.

— Enfim te encontrei! — disse Lum, em um rápido abraço fraterno em Cometa. Segurou seus braços e continuou. — Venha logo, precisamos de você. Agora! — puxando-o para dentro do anel que girava sem parar. Mas antes de o anel se fechar com eles, um grito desesperado ecoou na sala.

— Espera! — Joana se jogou e os três desapareceram.

AGRADECIMENTOS

Agradeço primeiramente a Deus, sobre todas as coisas, por me conceder a vida e a graça de realizar este meu sonho de infância.

Agradeço a minha querida e amada esposa, Maristela de Oliveira Costa. A Mary é aquela que acredita, incentiva, luta e torce por mim em todas as ocasiões; foi ela que leu o primeiro rascunho deste livro e me encorajou a continuar. Muito obrigado. Te amo.

Agradeço a Lorena Lima, minha filha de 11 anos que se interessou pela história logo de cara e me cobrava o final quando eu ficava de bobeira.

Agradeço aos meus queridos pais, dona Alaíde e seu Luiz (ambos *in memoriam*), e à minha família como um todo. Como são muitos nomes, sintam-se abraçados.

Agradeço aos amigos: César Kaab, pelas horas de boa conversa; Eduardo Marchiori, pelas dicas valiosas; Sérgio Caldeira, pelo incentivo; padre Antonio Ferreira, pelos sábios conselhos.

APÊNDICE

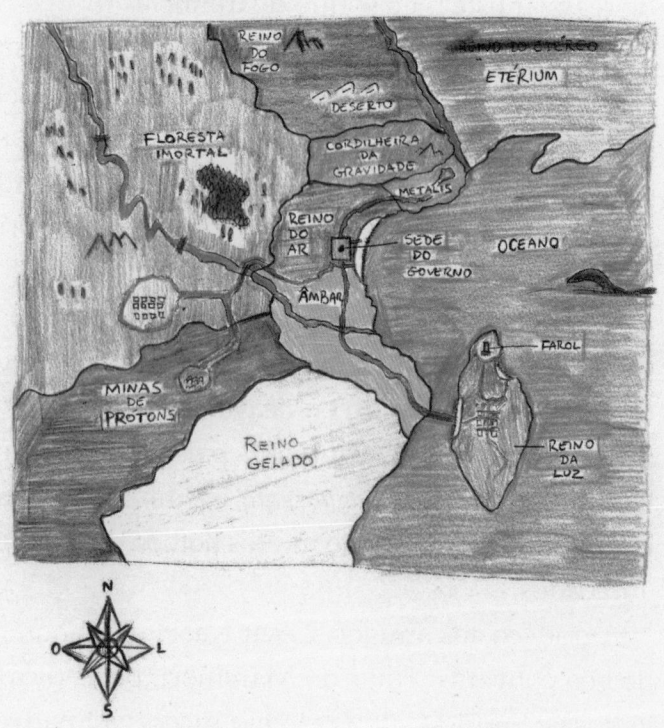

Meu esboço do mapa de Meddenwish.

Flofo, o animal de estimação de Lothan.
Imagem gerada por IA (https://creator.nightcafe.studio/).

Equironte é o animal de carga de Meddenwish.
Imagem gerada por IA (https://creator.nightcafe.studio/)

Cometa, por mim à esquerda, e à direita a imagem gerada por IA (https://www.promeai.pro/pt). Você quase não nota a diferença, não é mesmo?

Meu primeiro esboço para a capa.

FONTE Book Antiqua, Broadsheet, Futura PT
PAPEL Pólen Natural 80 g/m²
IMPRESSÃO Paym